大河の剣（四）

稲葉 稔

角川文庫
22922

目次

第一章　意趣返し　5
第二章　倉賀野宿　48
第三章　木曾の剣士　90
第四章　京　女　141
第五章　海越え　194
第六章　強　敵　243

第一章　意趣返し

一

燭台《しょくだい》の炎が影となって壁に揺れていた。

山本大河《やまもとたいが》は熊谷宿《くまがや》にある旅籠岡村屋《はたごおかむら》で、嘗《な》めるように酒を飲んでいた。宿の二階の客間である。開け放した窓から夜空に散っている星たちが見える。

「ふむ、さほどの腕ではなかったな」

独りごちて口の端に小さな笑みを浮かべた。

熊谷宿には雲嶺館《うんれいかん》というこのあたりで名を馳《は》せている剣術道場があった。当主の稲村勘次郎《いなむらかんじろう》は、忍藩松平《おしまつだいら》家の剣術指南役でもあり、おのれの腕に自信を持っていた。

しかし、大河はその稲村を一撃のもとに倒した。対戦前には二人の門弟と立ち合っていた。一人は大河の面打ちをくらい卒倒し、もう一人も胸を突かれて卒倒していた。

「さて、さて、これからどうするか……」

大河は窓辺により夜空を眺め、視線を庭に落とした。

白い木蓮《もくれん》が星明かりを受け、闇のなかに浮いているように見えた。木蓮の下にも小さな白い花が群がり咲いていた。雪柳だ。

武者修行の旅ははじまったばかりで、最初の立ち合いに勝利したが、気をゆるめてはならなかった。もっと強い相手を探さなければならない。

大河はまた夜空に目を向けた。江戸《えど》を発《た》つときは宇都宮《うつのみや》を目指していたが、このまま中山道《なかせんどう》を上って行こうかと考えた。

(それも悪くない)

半ばそうしようと決めたときに、廊下に足音があり、障子の向こうから声がかかった。

「山本様、雲嶺館の方が見えまして、おわたしするものがあります」

声は番頭の甚兵衛《じんべえ》だった。

「雲嶺館の……。かまわぬから入れ」

言葉を返すと、障子が開けられ、甚兵衛が書簡を差し出した。

「何であろうか……。弟子が持ってきたのか?」

「若いご門弟です。戸口でお待ちですから、返事をいただきたいのでしょう」

甚兵衛はそう答えると、失礼しますと言って下がった。

大河は封を切って書状に目を落とすなり眉宇《びう》をひそめた。それは、犬飼辰蔵《いぬかいたつぞう》という雲嶺館の師範代からの挑戦状であった。

「もう一度立ち合いたいと……」

書状から目を上げてつぶやいた。

さては当主の負けに納得をしておらぬのか。しかし、師範代の犬飼は見るからに腕が立ちそうであった。

ひょっとすると、当主より技量があるのかもしれない。そうであるなら受けて立つべきであろう。

大河は書状を畳むと、そのまま立ち上がって一階に下りた。戸口に若い男が待っていた。瀬戸口新左《せとぐちしんざ》という内弟子だった。

「おぬしだったか?」

「ご返事をいただきたいのですが……」

新左はかたい表情のまま大河を見て言った。

「相手は師範代なのだな」

「……はい」

「よかろう。受けて立つ」

「では、さようにお伝え致します」

新左は会釈をすると、そのまま表に出ていった。

雲嶺館の当主を負かされたままでは、師範代として引っ込みがつかぬのだろう。まあわからぬでもないと、大河は思った。

「番頭、酒をもう一本つけてくれるか」

大河は帳場にいる甚兵衛に注文をした。

「へえ、すぐにお持ちします。肴《さかな》はどうされます？」

「適当に見繕ってくれ。それから、熊谷堤というところはここからいかほどある？」

「熊谷堤でしたら、そう遠くありません。この宿場から南へ行きますと荒川《あらかわ》にぶつかりまして、すぐに長くて高い土手が見えます。それが熊谷堤です。土地の者は久《く》下《げ》の長土手と呼んでいますが、その昔は北条《ほうじょう》堤と呼んでいたそうです」

「北条堤……」

「なんでも小田原《おだわら》北条家の殿様がお造りになったからだと申します。荒川は名前のとおり暴れ川で、大雨が降るとまた洪水になりやしないかとひやひやしておるんです」

「さようか。とにかく遠くはないのだな」

「へえ、山本様でしたら小半刻もかかりませんよ。何か長土手にご用でも？」

「たいしたことではない。酒を頼む」

大河はそのまま二階の客間に戻った。

犬飼辰蔵との試合は、明日の暮れ六つ（午後六時）。それまではたっぷり時間がある。それに急ぐ旅でもないので、つぎなる目的地をどこにしようかと思案した。

明日は犬飼と立ち合うことになっているが、大河の心にはゆとりがあった。


犬飼辰蔵は控え部屋に漫然と座っていた。小さな座敷には、藤崎征五郎《ふじさきせいごろう》と須藤竹太郎《すどうたけたろう》もいた。この三人は雲嶺館の三羽烏だった。

みんなうち沈んだ暗い顔をしている。山本大河の突きの一本で負けた当主の稲村勘次郎が、昏睡《こんすい》したまま目を覚まさないからだ。

犬飼は師である稲村が負けた瞬間をまざまざと思い出していた。

あのとき、稲村は山本の打ち込みを払って返し技を狙おうとしていた。

ところが山本は前に出ながら、自分の一打が払われるのを予測したのか、瞬時に突きに転じた。その激烈な一打は稲村勘次郎の喉《のど》を突いていた。

打ち込みから突きに転じた山本の技量には目をみはるものがあったが、よくよく考えると、打ちに行くと見せかけ最初から突きを送り出すつもりだったのかもしれぬ。よしんばそうだったとしても、一瞬の早技であった。

「よもや、このまま……」

藤崎がつぶやきを漏らした。

そのことで我に返った犬飼は、藤崎をにらむように見た。内心の思いが口をついたのだとわかっている。犬飼も同じことを危惧《きぐ》しているのだ。そして、須藤も唇を引き結んでうつむいた。

「もしものことがあれば、山本大河を生かしておくわけにはいかぬ」

犬飼はぐっと奥歯を噛《か》み、眉間《みけん》に深いしわを彫った。

「もとよりその腹づもりだったのです」

藤崎がきっとした目を向けてきた。体は細いがその分敏捷《びんしょう》で、居合いを得意としている。師範代の犬飼もときに負けることがあった。

「須藤、先生の様子を見てきてくれぬか」

犬飼はそう命じてから、すっかり冷めている茶を口にした。須藤が立ち上がったとき、玄関の戸の開く音がした。須藤がそちらを見て、部屋のなかに顔を戻した。

「新左が戻ってきました」

「これへ呼んでくれ」

「新左、こっちへまいれ」

「いかがした。やつはいたか？」

犬飼は控え部屋に入ってきた新左をまっすぐ見た。

「いました。手紙もわたしまして、返事も聞いてまいりました」

「それで……」

「受けて立つとはっきり言いました」

犬飼はふっと、太い息を吐いて須藤と藤崎を見た。

「これで話は決まった。ぬかりなくやるぞ。明日は心してかかる」

須藤と藤崎は口を真一文字に結び、意を決した目つきになってうなずいた。

二

翌朝、大河はゆっくり起きて、井戸端で水を使うと、そのまま一階の小座敷に移った。行商人ふうの男が三人、朝餉《あさげ》に取り掛かっていた。

大河が席に着くと、すぐに女中が朝餉の膳部《ぜんぶ》を運んできた。味噌汁《みそしる》に香物、納豆と焼き海苔《のり》であった。

飯を口に運びながら、明日からのことを考えていたが、ふと今日の試合のことが気になった。犬飼辰蔵からの試合の申し込みを受けたが、なぜ道場ではなく熊谷堤を選んだのだろうかということだ。

試合は意趣返しだと思われるが、呼び出された場所が気になる。

しかも、日の入りの刻限である。

(何か裏があるのか……)

箸《はし》を止めて宙の一点を見据えた。

だが、それ以上深く考えるのをやめて朝餉を平らげた。

熊谷宿は江戸から八番目の宿場であるが、在にしては大きなほうだ。宿場の長さは十町以上あり、横往還にも二町ほど町並みがあった。旅籠《はたご》は十九軒ほどあり茶屋も多い。その他に飯屋やうどん屋、小間物屋に綿屋などもあり、江戸に引けを取らぬほどの商家がある。

忍藩松平家の膝許《ひざもと》だからか、道幅も六間と広く取られている。もっとも行き交う人の多さは江戸に比べると格段に少ないが、行商人や旅人の姿が目立った。

暇な身を持て余す大河は宿場内にある茶屋に立ち寄り、店の者と愚にもつかぬ世間話に興じ、これから先の旅に不足している草鞋《わらじ》や足袋《たび》、手拭《てぬぐ》いなどを買い求めた。

江戸ではペリー来航以来、尊皇攘夷《じょうい》の気運が静かに高まっているが、ここ熊谷ではそんな話はいっこうに聞かない。町は長閑《のどか》で、会う人々は純朴である。

大河は昼間のうちに旅の計画を立てた。当初は宇都宮に行く予定であったが、思いがけなく雲嶺館の話を聞き、熊谷まで足を運んできた。本来なら宇都宮に再度向かうべきだろうが、気持ちが変わっていた。

昨夜考えたとおり中山道を上ると決めたのだ。京《きょう》まで行って、東海道《とうかいどう》を使って江戸に戻ることにした。しかし、あくまでもぼんやりとした計画で、途中で経路を変えることもあるかもしれない。

それよりも気がかりなことがある。

京へ上り、そのまま江戸に帰るだけの旅なら何とかなるだろうが、大きな問題は路銀である。稼ぎの術《すべ》がないので、持ち金は日に日になくなっていく。

(こりゃあ、無駄な金は使えぬな)

空に浮かぶ雲を眺めて内心でつぶやく。

岡村屋に戻った大河は、夕七つ(午後四時)を告げる熊谷寺《ゆうこくじ》の鐘を聞くと、ゆっくり支度にかかった。

打裂羽織《ぶっさきばおり》に野袴《のばかま》、手甲脚絆《きゃはん》、襷《たすき》と手拭いを懐に入れ、新しい草鞋を用意した。

茶を飲みながら、窓から見える景色を眺める。目白が日の暮れを惜しむようにさえずっていた。日は大きく西に傾きはじめ、雲は橙《だいだい》や紅色に染められていく。

約束の刻限が迫ると、岡村屋を出て宿場を離れた。熊谷堤への道順は、昼間のうちに詳しく聞いていたので迷うことはなかった。

宿場を離れるといきおい田園風景になった。野路には人通りもなく、田畑にも人影は見られなかった。

小さな地蔵が道端にあり、花が供えられていた。少し先に二本杉があり、止まっていた烏が一声鳴いてどこかへ飛んでいった。道の先に久下の長土手と呼ばれる熊谷堤が見えていた。夕靄《ゆうもや》がかすかにたなびいている。

翳《かげ》りはじめた空はいよいよ明度を落としている。それでも日没まではいましばらくはあるだろう。

大河は土手に上がった。土手下は葦《あし》の藪《やぶ》で、その先を荒川が流れている。少し歩いて行くと、土手下におよそ十間四方の平らな砂地があった。

目を凝らすが犬飼辰蔵らしき男の影はない。さらに歩いて行くと、荒川の川岸につづく草地があった。ちょっとした野原だ。その背後は川柳と茅《かや》の藪になっていた。

犬飼辰蔵はその野原に生えている一本の鬼胡桃《おにぐるみ》の下に立っていた。そして、もう一人いた。雲嶺館の者だ。

犬飼は鉢巻きをし、襷を掛け、股立《ももだ》ちを取り、仁王立ちになっていた。土手上にいる大河をにらむように見て、

「待っておったぞ。よくぞ尻尾《しっぽ》を巻いて逃げなかったものだ」

と、癪《しゃく》に障ることを口にした。

「逃げると思っていたのか？　愚弄《ぐろう》するなッ！　おれはそんな卑怯《ひきょう》者ではない！」

大河は言葉を返して土手下の草地に下りた。

「そのほうは？」

大河は犬飼のそばにいる男を見た。着流しに襷を掛け、尻端折《しりはしょ》りしている。太い

眉《まゆ》の下にある大きな目を厳しくして大河に答えた。

「須藤竹太郎でござる。この立ち合いの検分を務める。書状で知らせたとおり道具（防具）はなしだが、寸止めではない」

「よかろう」

大河は大小を抜くと足許に置き、襷を掛けて手拭いで鉢巻きにした。それから竹刀袋から竹刀を取り出した。

「勝負は一番。勝つか負けるかの一本勝負だ」

犬飼が前に出てきながら言った。

「望むところ」

「山本大河、逃げずに来たことだけは褒めてやる。だが思い上がるな」

犬飼はまたもや癪に障ることを言って、口の端に不敵な笑みを浮かべた。

「言わせておけば……」

大河はギリッと奥歯を嚙《か》み、

「立ち合う前から負け惜しみの減らず口であるか」

と、言葉を返した。

とたん、犬飼の目が吊《つ》り上がった。

「当主稲村勘次郎殿を負かしたことへの意趣返しであろうが、遠慮はせぬ」

大河はゆっくり竹刀を構えた。

「犬飼さん、よろしいですか？」

検分役の須藤に声をかけられた犬飼は、うむとうなずくと、大河と同じく竹刀を中段に構えて間合いを詰めてきた。両者の距離が三間になったとき、

「はじめッ！」

須藤が声を張った。

大河はゆっくり間合いを詰めた。犬飼も詰めてくる。

斜陽が二人の影を長く引いている。

夕風がまわりの葦藪を揺らし、足許からかすかな草の匂いが立ち昇ってきた。

間合い一間。もういつでも打って行ける距離になった。だが、大河は先に動くつもりはない。犬飼がどんな技を使うか、それを見たかった。

「来いッ」

低声ながら力を込めた声で誘いをかけた。犬飼は双眸《そうぼう》を光らせて摺《す》り足で一尺詰めてきた。と、いきなり地を蹴《け》って、上段から打ち込んできた。

「おりゃー！」

三

翳りゆく残光のなかで、犬飼は黒い影となって大河に襲いかかった。しかし、犬飼の裂帛《れっぱく》の気合いも激烈な一撃も空振りに終わった。

間合いを見切った大河が、わずかに体を動かしただけでかわしたからだ。草地に着地した犬飼は、すぐさま引きつけた竹刀を、大河の顎《あご》を目がけて振り上げてきた。大河は二寸動いてかわす。

さらに犬飼は胴を抜くように竹刀を振る。大河は半身をひねってかわす。

「こやつ」

犬飼は遠間に離れてつぶやいた。その顔に焦りが見えた。

「何故、打ってこぬ」

「いつでも打てる。そこもとの技を見ただけだ」

「なにをッ……」

犬飼は歯嚙《はが》みするような顔になって詰めてきた。竹刀を中段に取り、狙いを大河の喉《のど》に向けている。

大河にはわかった。おそらく突き技を繰り出してくると。犬飼の歩み足が摺り足に変わり、右足の踵《かかと》が持ち上がった。転瞬、電光の突きが飛んできた。

だが、その一撃を見切っていた大河は、地を蹴って跳躍すると、犬飼の脳天に竹刀をたたきつけた。

バシッ！

大河が着地したとき、犬飼はよろめいていた。竹刀を構えたまま数歩後じさると、そのまま尻餅《しりもち》をついた。

さっきまで目に凶暴な光を宿していたが、いまは焦点が合っていないようだった。

「そ、そこまで……」

検分役の須藤が信じられないという顔つきで、大河の勝ちを認めた。

「雲嶺館、さほどのことではなかった」

大河はさっと竹刀を引くと一礼し、大小を置いている場所に向かった。

すでにあたりには夕靄が立ち込めており、夕焼け雲も翳っていた。

風を受けた川縁の葦の薮が、ざわざわと音を立てた。

大河が大小をつかみ取ろうとしたときだ。

「逃がすな！」

そんな声が背後でした。振り返ると、いつの間にか人が増えている。さらに、抜き身の刀を手にしていた。

その数、五人。いや、尻餅をついていた犬飼も正気を取り戻したのか、仲間のしんがりについていた。同じように手には抜き身の刀。

（まさか）

大河は心中でつぶやくが、相手が本気で斬りに来るというのがわかった。急いで大小を取って腰に差すと、迫ってくる相手に正対した。

検分役の須藤竹太郎が先頭で、その脇に藤崎征五郎がいる。大河に打ち負かされた小松孝蔵《こまつこうぞう》と荒巻又兵衛《あらまきまたべえ》もいるし、稲村勘次郎の内弟子だという瀬戸口新左もいた。

「山本、覚悟ッ！」

須藤が喚《わめ》いた。

「斬り合うつもりであるか！」

大河は怒声を発して眦《まなじり》を吊り上げ、刀の柄《つか》に手をかけた。

「生かしてはおかぬ！」

須藤が喚きながら斬り込んできた。大河は斬られてはたまらないので、抜き様の一刀で須藤の斬撃を下からすくい上げるように撥《は》ね返した。

キーン！

耳障りな音がひびいたと同時に、須藤は素速く下がって右八相に構えた。しかし、大河はハッとなって慌てた。

刀が鍔《つば》元から折れてしまったのだ。これでは戦うことなどできない。亡き父からもらった刀は数物だった。それだけ脆弱《ぜいじゃく》な代物だったのだ。

腰にあるのは脇差《わきざし》。そして竹刀。だが、相手は大刀を向けてくる。

「斬れ、斬るんだ！」

しんがりから駆けてきた犬飼が仲間にけしかけた。

大河は使いものにならなくなった刀を投げ捨て、脇差を抜いて下がった。もうまわりを囲まれていた。

「くそッ」

悔し紛れに吐き捨てて相手の出方を見るために目を光らせた。

このときになって、犬飼らが最初から自分を殺すつもりで、熊谷堤に呼び出したのだと悟った。そのために犬飼の仲間は葦藪《あしやぶ》のなかに身をひそめていたのだ。

「謀ったな！」

大河は罵《ののし》ったが、

「何とでも言うがよい！　覚悟だ！」

怒鳴り返してきた藤崎が横合いから斬り込んできた。大河は半身をひねってかわすと、打ちかかろうと身構えていた新左を脇差で牽制《けんせい》した。

大河の力量を知っているので、新左はたじろいで下がった。大河はさっと脇差を構え直し、切っ先を須藤竹太郎に向けた。

相手は大刀である。剣術の力量は大河が上でも、これでは分が悪い。人数も多いし勝ち目はない。それに相手は本気で斬りに来ている。

こんなところで命を落とすのは馬鹿馬鹿しい。

（逃げよう）

そう決めた瞬間、須藤が袈裟《けさ》懸けに斬り込んできた。紙一重のところでかわして大きく下がった。すぐに藤崎征五郎が追ってきて拝み打ちに斬り込んでくる。

大河は横に動いてかわすと、手にした竹刀を藤崎に投げつけた。藤崎はその竹刀を払ったが、大河は逃げ道を見つけて土手を駆け上った。

「待て、待たぬか！」

誰が怒鳴っているのかわからない。

大河は殺されてはたまらぬと、必死になって逃げた。

四

神田《かんだ》お玉《たま》ヶ《が》池《いけ》、玄武《げんぶ》館《かん》千葉《ちば》道場――

道場に隣接する母屋には沈鬱《ちんうつ》な空気が立ち込めていた。

二代宗家の奇蘇太郎《きそたろう》は年明けから床に臥《ふ》すことが多くなっていたが、数日前から容態が悪化し、昏睡《こんすい》状態がつづいていた。

水戸《みと》家江戸藩邸に詰めていた次男の栄次郎《えいじろう》は長男の病状を懸念し、ここ数日は実家に泊まり込んで様子を見ていた。

落ち着かないのが三男の道三郎《みちさぶろう》である。

(兄は助からないのではないか)

と、考えてはならぬことがどうしても心に浮かぶ。

もしものことになれば、道場の先行きをいまから考えておかなければならない。

だが、そのことを兄栄次郎に言っても黙して語らずを通している。

道三郎は自分が寝起きする小座敷に座っていたが、ふいと立ち上がると、障子を開けて縁側に立った。

庭の隅にある辛夷《こぶし》の蕾《つぼみ》が大きくなっていた。あと四、五日もすれば花を開きそうだ。

廊下に足音がして玄関のほうに遠ざかった。栄次郎の抑えた声が聞こえてきた。奇蘇太郎を診に来た医者と短いやり取りがあり、戸の閉まる音がした。

道三郎は「ふう」と、嘆息した。

もう日が暮れようとしている。

道三郎はゆっくり翳《かげ》りゆく空を眺めた。

そのとき、廊下から「入るぞ」という声がした。

道三郎が振り返ると、栄次郎が入ってきた。緊張の面持ちだ。

「医者は何と……」

「今夜が峠だと言われた」

栄次郎はため息をつきながら腰を下ろした。

道三郎も縁側の障子を閉めて栄次郎の前に座った。つけたばかりの行灯《あんどん》のあかりが、深刻な顔をしている二人の顔を染めていた。

「いかがする?」

栄次郎がまっすぐ見てきた。

「いかがするとは……」

「この先のことだ。おまえはおれが三代宗家を継ぐのがよいと言うが、そうはいかぬ」

栄次郎は視線を外さずに道三郎を見る。

道三郎も静かに見返す。

「おれは家を出た男だ。それに水戸家に仕官している。長男が身罷《みまか》ったからといって水戸家を辞することはできぬ。父上は水戸から離れる気はなさそうでもある」

父上とは初代宗家の千葉周作《しゅうさく》のことである。水戸家に抱えられ弘道館《こうどうかん》にて剣術指南をしている。

「兄上は継げぬと……」

二人はもう奇蘇太郎に望みを託してはいなかった。潔く肚《はら》を決めるときだとわかっている。

「継げぬだろう。おまえにもわかっているはずだ。おれはすでに家を出ている。出戻りなどできぬ」

「しかし、わたしは部屋住みです」

「奇蘇兄がいなくなれば、そうではなくなる」

道三郎はうつむいた。やはり自分が継ぐことになるのかと思うが、別段嬉《うれ》しくはない。願うは兄奇蘇太郎が目を覚まし、本復してくれることだ。

「そう心しておくのだ」

短い沈黙の後で栄次郎はそう言って立ち上がり、静かに部屋を出て行った。

その夜はなかなか眠ることができなかった。

気がかりはやはり兄奇蘇太郎の容態である。ときどき目を覚ましては奥の部屋へ行き、奇蘇太郎の寝顔を眺め、また自室に戻った。

それは鳥のさえずりが聞こえてきた早朝のことであった。

廊下に慌ただしい足音がして、下僕の三蔵《さんぞう》の声が聞こえてきた。

「道三郎様、道三郎様……」

道三郎は夜具を払って跳ね起きた。

「いかがした?」

「奇蘇太郎先生が……」

三蔵はそう言ったきり言葉を詰まらせた。

道三郎は寝間着のまま廊下に出ると、栄次郎を呼んだ。

「兄上、栄次郎兄上」

すでに騒ぎを聞いていたらしく、栄次郎が廊下にあらわれた。

道三郎はそのまま奥の間に行った。看病をしていた女中の粂《くめ》が、奇蘇太郎の枕許《まくらもと》でうなだれていた。

「息を……引き取られたか……」

道三郎がつぶやくと、粂は悲しそうにうなずいた。

「奇蘇兄……」

道三郎は枕許に座って、奇蘇太郎の顔を眺めた。口の端に小さな笑みを浮かべていた。苦しんだ様子はなく、安らかな寝顔であった。

「だめであったか……」

栄次郎がそばに来て、奇蘇太郎の頰をそっと撫《な》でた。

「父上に知らせなければなりませぬ」

道三郎は栄次郎を見た。

「うむ。定吉叔父《さだきちおじ》にも重太郎《じゅうたろう》さんにも……」

「はい」

「悲しんでいる暇《いとま》はない。早速にも通夜の支度を」

栄次郎は安らかな眠りについている奇蘇太郎を見て合掌した。道三郎もそれに倣い胸の前で手を合わせた。

千葉奇蘇太郎、享年三十であった。

五

大河は大きな伸びをして烏川《からすがわ》に設けられた河岸《かし》を眺め、それから宿場のなかほどにある飯屋に入った。ここは倉賀野《くらがの》宿で、雲嶺館の門弟らに命を狙われた熊谷宿から四つめの宿駅だった。

「何にいたしましょう?」

土間席の縁台に座るなり、店の女が注文を取りに来た。

「飯と魚を焼いたやつ、煮物もあればそれももらおう。そして漬物だ」

店の女は「へえへえ」と、返事をして板場に下がる。

いかにも田舎の飯屋風情で、土間の隅には苔《こけ》が生えていた。板壁は古く、そこに木札の品書きがあったが、文字はかすれていた。

開け放された戸口から河岸ではたらく人足や船頭の姿を見ることができた。なかなか賑《にぎ》わっている宿場だ。

熊谷で雲嶺館の門弟らに予期もしない闇討ちをかけられた大河は、宿に急ぎ戻ると、そのまま熊谷を発《た》ち、本庄《ほんじよう》宿で野宿をし、そのあとゆっくり街道を上って倉賀野に着いたのだった。

飯が運ばれてくると、早速箸《はし》をつかんだ。腹が減っていたので、丼飯《どんぶりめし》をあっという間に平らげお替わりを注文する。

「いい食べっぷりですね。見ていて気持ちがようございます」

同じ縁台に座っている男が声をかけてきた。

「腹が減っているのだ」

「どうやら旅の方のようですが、どちらから見えられました？」

大河は箸を止めて男を見た。行商人にも商家の奉公人にも見える。歳は三十半ばほどだろうか。小太りで人懐こい顔をしていた。

「江戸だ」

「わたしも江戸から来たのです」

男はそう言ってつづけた。

「深川木場《ふかがわきば》にあります春木屋《はるきや》という材木問屋の者で、平吉《へいきち》と申します」

「ほう、木場から……。それはご苦労であるな。すると材木の買い付けであろうか」

「さようです」

平吉はそう言って勝手なことを話した。

その間に、大河は飯を食べ終わり茶を口にした。

「お名前は何とおっしゃいます？」

「山本大河だ」

「まだ、お若《わこ》そうですね」

「二十一だ」

「そんなお若うございましたか。わたしはもう少し上かと思いましたが、いやこれは失礼をいたしました。旅をなさっていらっしゃるのですね」

「武者修行の旅だ。わたしは千葉道場の門弟なのだ」

「すると玄武館でございますか？」

平吉は小さな目を見開いた。

「知っておるか。だが、お玉ヶ池ではない。鍛治《かじ》橋のほうだ」

「すると定吉先生のお弟子さんですね」

「いまは長男の重太郎さんが道場を仕切られている。それはそうと、この辺によい宿はないか？」

　平吉は少し考えてから、

「わたしは浅間屋《あさま》という旅籠《はたご》に泊まっていますが、宿の者はみな親切です」

「浅間屋……飯盛りはいるか？」

　平吉は「は」と、頓狂《とんきょう》な顔をしたあとで、

「この宿場の旅籠はどこもそうです」

　大河はふっと口の端に微笑を浮かべ、

「よし、浅間屋に草鞋《わらじ》を脱ぐか」

　と、独りごちた。

　飯屋を出るとぶらりと宿場を歩いてみた。

　宿往還の長さは四十町ほどだろうか。熊谷宿に比べると小さいが、それでも旅籠や大小の商家が揃っていた。刀剣屋がないかと探したが、見つからなかった。

　腰には脇差《わきざし》のみで、折れた大刀は捨ててきた。亡き父からの形見になっていたが、折れた刀では用をなさないし、もともと価値のない数物だったので未練はなかった。

　そうはいっても脇差だけでは恰好《かっこう》がつかない。

　安物でもいいから買い求めようと思っていたが、あきらめて平吉が教えてくれた浅間屋という旅籠に入った。さいわい客間は空いており、女中が一階なかほどの部屋に案内をしてくれた。

「お疲れでしょう。ゆっくり休んでください」

女中は大河が脱いだ羽織を丁寧に畳みながら言う。

「うむ。訊《たず》ねるが刀剣屋を知らぬか？」

「刀剣屋ですか」

女中は目をしばたたく。三十過ぎの大年増だ。こやつも飯盛りだろうかと、大河は考えながら、どうせならもっと若いほうがよいと品定めの顔になる。

「刀を売っている店だ」

「それでしたら高崎《たかさき》にあります。高崎の御城下には何軒かあったはずです」

「高崎か……」

大河は庭に目を向ける。

先ほど宿場を歩きながら、つぎの宿駅である高崎まで二里もないことを知っていた。途中高札場の近くから道が分かれ、日光《にっこう》に向かうというのもわかっていた。

自分がいる場所の地理を知るのは大事なことだと、熊谷宿で身を以《もっ》て覚えた。いざ、ことがあったとき、その町や村のことを大まかにでも頭に入れておかないと、おのれの身を危険にさらすことになる。

大河はそれが武士たる者の心得であろうと悟った。

女中が部屋から出て行き一人になると、振分荷物を引き寄せ、竹刀と木刀を入れた袋をそばに置いた。

袋から木刀を取り出し、片手で持って掲げた。それは幼き頃から使っている枇杷《びわ》の木で作ったものだ。手垢《てあか》がつき黒光りしている。

「雲嶺館はさほどのことはなかった」

独りごちてキッと目を厳しくした。

いまになって卑怯《ひきょう》な真似をした犬飼辰蔵らに腹が立ってきた。逃げずに、戦ってもよかったのだと思いもする。

だが、もしあのまま戦っていたら、生きていなかったかもしれない。相手は真剣だったし、自分の刀は折れて使えなくなっていた。

やはり脇差一本で六人を相手にするのは無謀だっただろう。

すると、父から授かったあの刀が自分の命を救ったのかもしれない。

(されど、おれは勝ったのだ！　扶桑無念流《ふそうむねんりゅう》の稲村勘次郎も、その高弟も倒したのだ)

内心の興奮が高まり、大河は強く胸中で言い聞かせた。

そのとき障子の向こうから華やいだ女の声がした。

「山本様、お邪魔してよいでしょうか」

「かまわぬ、入れ」

六

「失礼いたします。山本様、わたしは留《とめ》と申します」

客間に入ってきた女は丁寧に両手をついてから顔を上げ、にっこり微笑む。大河は「ほう」と、唇をすぼめた。

留は丸顔のぽっちゃりした体つきで、鈴を張ったような目をしている。

「おれの名を知っているのか？」

「帳場で見ましたから。山本様はまだお若い方だと聞いたので、すっ飛んできたんですよぉ」

留は少々鼻にかかった物言いをする。だが、視線を大河から外さずに膝《ひざ》を擦って近づいてきた。

「わたしは山本様に買ってもらいたい」

顔に似合わずはっきり言う女だ。

大河は少し気後れを感じた。こんな積極的な女に会ったことがなかったからだ。

「ま、それは……」

「いやん、買ってもらいたい。よく見れば若いだけでなくていい男ではありませんか。何だか強そうだし、頼り甲斐《がい》のある人に見える」

「お留、そなたはいくつだ？」

「十七ですよ。嫁入り前だけど、飯盛りでもしなければ生きていけないんです。貧乏な家に生まれた悲しい女の性《さが》です。ねえ、山本様」

「うむ」

「買ってくださいますか」

「はっきり言うやつだ。断れぬではないか」

「嬉《うれ》しい！」

留は手をたたいて喜びの声を上げた。あかるい女だ。

「だが、まだ日が暮れておらぬ」

「じゃあ日が暮れたらよいですね。何かお手伝いすることありませんか」

「湯に浸かりたい。風呂《ふろ》には入れるか?」

「はい、いつでも入れますよ。ただし、五つ(午後八時)までです」

大河は風呂場まで案内してもらい、そのまま裸になって湯に浸かった。表で薪《まき》をくべ足している留が、湯加減はどうだと聞いてくる。

丁度よいと応じると、留は洗い物をしておきますと言って、どこかへ消えていった。

大河はゆっくり湯に浸かりながら暮れゆく空を眺めた。武者修行も悪くないと思う。先達の剣客もこういう旅をしたのだろうか。

脳裏に初代宗家の千葉周作の顔が浮かび、先生も同じような旅をされたのだろうかと考え、頬をゆるめる。

旅の汗と垢《あか》を落として客間に戻ると、褌《ふんどし》と汚れた足袋《たび》が軒先に干してあった。留がやってくれたのだ。

(あの女、なかなか気が利く)

感心していると、その留がひょっこりと部屋の前にあらわれた。にこにこした顔で、何か飲むかと聞いてくる。

「酒をつけてもらおうか。肴《さかな》は何でもよい」

「すぐにお運びします」

あかるい声で返事をした留は腰を上げて去った。

空は翳《かげ》りはじめていた。小庭に差していた日の光もいつしか消えていた。

待つほどもなく留が酒肴《しゅこう》を運んできた。頼んでもいないのに、二合徳利が三本もあった。

「山本様はお強そうだから余分に持ってきたんです」

留はぺろっと舌を出して、悪戯《いたずら》っぽく笑う。可愛い女だ。

酌を受けながら酒を飲みはじめたが、留はよく喋《しゃべ》る。大きな腕と言っては、大河の二の腕を撫《な》で、はだけた胸を見ては、まあぶ厚い胸と驚き顔をする。

「山本様は、お侍ですよね。どこから見えたのかしら？」

「江戸だ。武者修行の旅の途中とは言っても、まだ旅をはじめたばかりであるが……」

「それじゃ強いの？」

「まあ強くなりたいからな」

「男は強くなくてはいけませんからね。ましてお侍様ならなおのこと……ねえ」

留はいつの間にか体を寄せて、しなだれかかってくる。大河は若い。それに越ヶ《こしが》谷《や》宿で女の味を知ってから〝その道〟に目覚めてしまった。

さらに若いが故に自制が利かない。匂い立つ若い女の体がすぐそこにある。留の肌は柔らかくそして瑞々《みずみず》しい。

気がついたときには、夜具も敷かずに留を組み敷いていた。

留は求めに応じて両手を腰にまわして、しがみついてくる。いやいやをするように首を振り、しっかり口を引き結び漏れそうになる喜悦の声を堪《こら》えている。

だが、営みは長くはつづかない。大河はあっという間にはじけてしまった。まさに「あッ……」であった。

留の体から離れて仰向けになると、大きく息を吸って吐いた。欲が満たされると、急に我に返る。

（おれはいったい……）

女を買うことに何の意義があるのだと、忸怩《じくじ》たる思いがわいてきた。目を閉じてまた大きく息をする。

「山本様、もういいの」

留が半身を起こし、しどけない恰好で見つめてくる。その目には潤みがあった。

「ああ」

大河も半身を起こして座った。

まわりには二人の脱ぎ散らかした着物があった。大河は褌を引き寄せて股間《こかん》を隠した。留は湯文字を引き寄せて、くすっと小さく笑った。白くて小さな乳房が揺れた。きれいな肌をしている。

「若い人が好きなの。年寄りは面倒だから……」

どういうことかわからないが、さようかと、大河は答えた。

「明日、高崎に行くが、剣術道場など知らぬか？」

「剣術、道場……」

留は区切って言った。

「うむ。強い剣術家がいれば、試合をしたい。おれはそのための旅をしているのだ」

「だったら城下に行けばすぐにわかりますよ。殿様はお江戸らしいですけど」

「行けばわかるか……」

若い欲望を満たし興奮の冷めた大河は我に返って、本来の目的を忘れ、おのれを見失ってはならぬと胸のうちに言い聞かせていた。

七

「これは山本様、おはようございます」

食事用の座敷に行くと、春木屋の平吉という男が声をかけてきた。飯に取り掛かっていたが、箸《はし》を置いて丁寧に挨拶《あいさつ》する。

「早いな」

声をかけられた手前、平吉の隣に腰を下ろした。

「明日は江戸に戻りますので、今日は最後の一仕事です。昨夜はよくお休みになられましたか？」

「ああ、ぐっすり寝た」

「でしょう、でしょう」

平吉はそう言ってにたついた。留を買ったことを知っているようだ。大河は視線を外して茶に口をつけ、

「おぬしは春木屋の番頭であろうか？」

と、問うた。

「さようです。ですが、二番番頭です。こうやって材木の買い付けに来るのも二番番頭の仕事なのです」

「倉賀野にはよく来るのか？」

「まあ、年に三度か四度でしょうか。舟でやってきて、その足で山に上って材木を物色します。骨の折れる仕事です」

そこへ大河の食事が運ばれてきたので、早速箸をつける。

「高崎城下へも行ったことがあるか？」

大河は味噌汁《みそしる》をすすったあとで平吉に聞いた。

「何度も行っています」

「知っている刀剣屋はないか？」

「刀剣屋でございますか……」

平吉は小さな目をまるくした。

「恥ずかしい話だが、刀が折れて使えなくなったので、買い求めなければならぬのだ。それで困っておるのだ」

「それはお困りでしょう。昨日、脇差《わきざし》はお腰にあるのに大刀がないので、いかがされたのだろうかと思っていたのです。刀が折れてしまったのですか……でも、なぜ

「……」

平吉は好奇心の勝った目を向けてきた。

「……藁束《わらたば》の試し斬りでしくじったのだ」

苦しい言い訳だったが、ほんとうのことを口にするわけにはいかない。

「それはお困りでしょう。高崎のお城下にはあまり店はありませんが、大河内《おおこうち》松平家のお膝許《ひざもと》ですから刀屋はあるはずです。わたしは存じあげませんが……」

やはり高崎に行くしかないようだ。

大河は朝餉《あさげ》を終えると、そのまま旅籠《はたご》を出た。舟着場のある河岸《かし》場《ば》を眺め、それから高崎宿に足を向けた。

宿泊している旅籠浅間屋は河岸の近くにあるのだが、その通りは中山道から南に外れた馬街道と呼ぶ場所にあった。その街道を北へ上り中山道に出ると、西へ向かう。

両側に商家の並ぶ往還を歩きながら刀剣屋はないかと目を凝らす。昨日も通っているが、鍛冶《かじ》屋はあっても刀剣屋はなかった。

宿場から離れると杉と松の並木道になった。両側に田畑が開けてきて、遠くに妙《みよう》義《ぎ》山《さん》が霞《かす》んで見えた。左に見えるのが浅間《あさま》山《やま》のようだ。

行商人や馬を引いて野良仕事に出る百姓と擦れ違う。歩きながらやはり恰好がつかぬと思うのは、腰に大刀がないからだ。安物でもいいから今日のうちに買いたい。散財することになるが、こればかりはいかんともしがたい。

やがて街道は烏川の畔沿いになり、高崎城の天守が見えてきた。大河内松平家十代当主、右京亮輝聴《うきょうのすけてるとし》の居城である。

城を見ると何だか身が引き締まる。大河は顔をも引き締めたが、腰に大小がないと侍としての締まりがないのが情けない。自ずと袋に入れている木刀と竹刀で、腰のあたりを隠すようにしている。それも情けない。

（まったくおれとしたことが、したり、したり……）

胸のうちで愚痴をこぼす。

高崎城下に入ったが、倉賀野宿より商家が少ない。刀剣屋はどこだと目を凝らす。刀剣屋の代わりに旅籠を見つけた。ここも飯盛宿かといらぬことを考える矢先に、今朝は浅間屋の留の顔を見なかったなと気づく。

（あの女……）

留の顔が脳裏に浮かんだが、かぶりを振って追いやった。そのとき刀剣屋を見つけた。間口三間ほどの店だった。「刀剣　七右衛門《しちえもん》」という看板があった。

「ごめん」

暖簾《のれん》をくぐって店のなかに入ると、総髪を後ろで結った五十半ばの痩《や》せ老人がいた。これが主《あるじ》の七右衛門だろうか……。

「へえ、ご用で」

嗄《しわが》れた声で、しわ深い顔を向けてきた。

大河は店のなかをざっと眺めた。刀が帳場の横に並んでいる。帳場の背後の刀掛けにもある。

「刀を買いたいが、手頃なものがほしい。ここにある刀には値がついておらぬが、それはいかほどであろうか？」

大河は主の背後にある刀掛けを見て聞いた。

「お目が高いですね。これは郷義弘《ごうよしひろ》、正宗十哲《まさむねじってつ》の銘刀です」

「いかほどだ？」

「……百両」

主は大河を品定めするような目つきをしたあとで答えた。

(ひゃ、ひゃ、百両だと！)

内心の驚きは顔には出さなかったが、とても買える代物ではない。郷義弘をあきらめ、それはいかほどだ、こちらの刀はいかほどだと聞いていく。どれもこれも三十両から五十両はする。

「訊《たず》ねるが、おぬしが主の七右衛門であるか？」

「さようでございます。御前様の御家中の方にはお目をかけていただいております」

「うむ」

大河は店のなかにある刀をひと眺めする。

「その、もっと安いものでよいのだ。五両……」

最後は声が小さくなった。

「は……」

「数物でよいのだ」

しかたないからそう答える。すると七右衛門は、よいしょと言って立ち上がり、隣の部屋に行って戻ってきた。

「あいにくこれしかありませんが、それでも十両はいただきませんと……」

「それより安いものはないと申すか？」

「ございません」

大河は低くうなって考えた。

「八両では、いや六両ではどうだ？　手持ちにゆとりがないのだ。何とかまけてくれぬか」

　今度は七右衛門が考える顔になった。白髪交じりの髪をかき、無精髭《ぶしょうひげ》を生やした顎《あご》をさすって見てくる。

「それじゃ真ん中を取って七両でいかがでしょう。これが精いっぱいです。それでも無理だとおっしゃるなら、お譲りできかねます」

　思いもよらぬ出費になったが、背に腹は代えられぬ。大河は惜しみながらも金を払い、刀を受け取った。そのまま腰に差すと、落ち着くのが不思議だ。

「ついでに訊ねるが、この城下に道場はないだろうか？」

「道場……」

「剣術道場だ。あれば訪ねたいと考えておるのだ」

「ございますが、宿場の裏に大信寺《だいしんじ》という寺がありまして、その隣に津田《つだ》様の道場がございます」

「津田……」

「天真伝一刀流《てんしんでんいっとうりゅう》の津田様の道場です。もしや、ご入門されたいので……」

　大河はその問いには答えずに、道場の場所を詳しく教えてもらった。

再び宿往還に出た大河は胸を張った。腰に大小があるだけで、これほどまで気分が変わるのかというのを実感した。我知らず気持ちも高揚してくる。

教えてもらった道場の前に来た。玄関横に「津田道場」と大書《たいしょ》され、脇に「天真伝兵法」と添え書きされていた。

「天真伝兵法……」

立ち止まった大河はつぶやいてから、玄関の敷居をまたいだ。

第二章　倉賀野宿

一

「お頼み申す」

大河は玄関に入るなり声を張った。

道場では四人の門弟が型稽古《かたげいこ》をしていたが、一斉に動きを止めて大河を振り返った。

「江戸は千葉道場の門弟、山本大河と申す。ご当主、津田様にお目通り願いたいが、おいでであろうか？」

四人の門弟は互いに顔を見合わせ、背の高い男が近づいてきた。

「先生はあいにく留守でござる。拙者は当道場にて師範代を務めておる木村瀬兵衛《きむらせべえ》と申す。千葉道場とおっしゃられたが、江戸からおいでになったか」

「いかにも。修行のために廻国《かいこく》をしているのです。もっとも江戸を発《た》ったのは、今月の一日でまだ間もありませんが……」

「それは大儀な。先生にどんなご用でございましょうか？」

木村は醒《さ》めた目で見てくる。

手には木刀のみで、道具はつけていなかった。他の三人も同様である。

「是非にもお手合わせ願いたいと罷《まか》り越した次第です。お留守だと言われたが、いつお帰りでありましょうか？」

木村は後ろに控えている三人を一度見てから大河に顔を戻し、

「つまり、立ち合いの申し込みであろうが、すぐに返事はできぬ」

と、急に言葉つきを変えた。

「いつならご返事いただけまする？」

「二、三日待ってもらいたい。都合がつかぬならそれまでのこと……」

「待ちましょう」

木村はぴくりと片眉《かたまゆ》を動かした。

「二日後にまた来ることにします」

「千葉道場と言われたが、免許はお持ちか？」

「大目録皆伝をもらっています」

木村は驚いたように切れ長の目を見開いた。

「お訊ねしますが、看板に天真伝兵法とありましたが、この道場では単に剣術を教えるだけではないのでしょうか？」

「いかにも。剣術のみではござらぬ」

「ほう。それに道具は使われない」

「道具は不要のもの。常に稽古は組太刀で行っている」

「試合になれば、寸止め」

「いかにも」

大河はおもしろいと思った。

江戸では道具で身を守っての竹刀剣術が大流行《はや》りだが、この道場は別物だ。

「では、出直してまいります」

大河は一礼すると、そのまま道場を出た。

何だか楽しみになってきた。

(これが武者修行の妙味かもしれぬ)

大河は高崎城下の様子を探るように見物して倉賀野宿に足を向けたが、胸の奥にある不安をどうしようかと思案した。

路銀である。刀を買い、旅籠《はたご》にも泊まっている。三度の食事にも金がかかる。旅に出るに際し、相応の金は持参したが、このままではあっという間に文無しになってしまう。

(路銀稼ぎをしなければならぬ)

さて、どうするかと思案するが、すぐによい知恵など浮かばない。

倉賀野の宿往還に入っても、あれこれ考えながら歩きつづけた。気がついたときには宿外れまで来ていた。そこは追分で、そばには弥陀《みだ》堂があり、常夜灯もあった。道標《みちしるべ》が右が江戸で、左の乾（西北）方面が日光だと教えている。日光への道は例幣《れいへい》使街道《しかいどう》である。

大河は引き返した。太鼓《たいこ》橋をわたり、また宿半ばまでやってきて、旅籠浅間屋のある馬街道に入った。突き当たりが烏川の河岸《かし》場《ば》だ。

「山本様、山本様」

河岸場に向かっていると、背後から女が声をかけてきた。振り返ると留である。ペタペタと草履の音を立て、にこにこして近づいてくる。

「仕事の最中ではないのか？」

「これから行くところです。山本様の姿が見えたので声をかけたんです。ご迷惑で
留は嬉しそうに目を細めて見てくる。憎めない女だ。

「すぐに行かなければならぬのか？」

「いいえ。少し早く来たからまだ暇です。どこへ見えるんです？」

「その辺だ。茶でも飲むか……」

大河は河岸場の近くにある茶屋へ行き、留と並んで床几《しょうぎ》に座った。

「どこかへお出かけでしたの？」

「高崎へ行ってきたのだ。おまえは通いであったか……」

大河は留を見た。

真昼の下で見る留は暗い旅籠のなかで見るより若々しかった。頰が無花果《いちじく》のよう
に赤く、小さなそばかすが散っているが肌ははち切れんばかりだ。黒い瞳《ひとみ》は澄んで
いて、とても春をひさぐような濁りは見えない。

「そう、近くの村から来てるんです。わたしはあの山の麓《ふもと》の村で生まれたけど、養
子に出されてこっちの百姓家に来たんですよ。でも、十五のときに追い出されて、

それで浅間屋で雇ってもらったんです」

留はそう言って、ずっと遠くにある山を見た。八幡山《はちまんやま》だと教えてくれる。五人兄弟で末っ子だから、留という名前になったらしいが、下に弟がいるとも話す。

「子はわたしで留めのはずだったのに……」

ひょいと首をすくめて恥ずかしそうに笑う。

「ご両親は元気なのか？」

「そのはず。もうずっと会ってないんです。近いから会いに行ってもいいけど、その気にならない。わたしを養子に出した親ですから」

留は少し陰鬱《いんうつ》な顔をした。

「いまの仕事をずっとつづけていくわけにはいかぬだろう」

「そのうち、いい人を見つけてとっとと嫁に行くんです。だから、わたしは若い人が好き。山本様みたいな……」

留はくすっと笑ったあとで、視線を絡めてきた。大河はその視線を外して、

「いい人が見つかればよいな」

と言った。

「そうですね。山本様は修行の旅をして、その先どうされるんです？」

「おれか、おれは日の本一の剣術家になるんだ」

「へッ……」

留は目をしばたたき、面白い人だと微笑んだ。

「さ、そろそろ行かなきゃ。山本様」

立ち上がって留が見て来た。

「今夜も呼んでくださいよ」

留はさっとお辞儀をすると、急ぎ足で浅間屋に向かっていった。

「今夜も……」

立ち去った留の後ろ姿を見て、このままではあっという間に手許《てもと》不如意になると、胸中でぼやいた。

二

「千葉道場の山本大河……」

師範代の木村瀬兵衛から話を聞いた津田道場の当主角蔵《かくぞう》は、宙の一点を凝視した。

そこは道場に隣接する津田角蔵の屋敷だった。屋敷と言っても四十坪ほどの小さな家である。

「千葉道場と言えば、千葉周作の開いた道場。北辰一刀流《ほくしんいっとうりゅう》である。その山本なる男は、大目録皆伝だと言ったのだな」

「いかにもさようで」

「ならば受けて立つか。向後のためにもなるであろう。山本の居所は聞いておらぬか？」

「二日後にまた来ると申しましたので聞いておりませぬ」

「よかろう。来たら、受けると伝えてくれ。立ち合いはその翌日でもかまわぬし、わたしがいるときなら、そのまま受けることにいたす。それでどんな男であった？」

「六尺はあろうかという大きな男です。なかなかの面構えですが、歳は若《わこ》うございます。おそらく二十三、四かと……」

「力を持て余している年頃であるな。これは楽しみになった」

津田角蔵は茶を口に運び、

「いかほどの腕があるかわからぬが、人品がよければしばらく若い門弟の指南役をまかせてもよいかもしれぬ」

「先生、それは……」

「いやいや、世の中は変わってきているのだ。剣術の世界然《しか》り。道場では兵法を謳《うた》っているが、他流の技を覚えるのも一興であろう。それで技量を上げることができればなおのことだ」

「おっしゃることはわかりますが、それも山本次第でございましょう」

「むろん、いかほどの腕があるか、それを見極めてからの話である。懸念することはない」

角蔵は口の端に笑みを浮かべて木村を見た。


その頃、大河は浅間屋に逗留《とうりゅう》している春木屋の二番番頭平吉から、深刻な相談を受けていた。

「落としたりなどしてはおりません。盗まれたに違いないのです」

平吉は金を盗まれたと青い顔をしていた。人のよさそうなふっくらした顔には、ありありと焦りと不安の色が入り交じっていた。

「盗人《ぬすっと》に心あたりでもあるのか？」

「だからこうして山本様を頼りにしているのです。大事な買い付けの金です。一文二文なら目も瞑《つむ》れましょうが、金二十両の大金です。それも明日支払う手付けなのです。このままだと江戸には戻れませんし、材木もこの河岸場《かしば》に置いていかなくてはなりません。まかり間違ってもそんなことはできないのです。山本様、どうかお力をお貸しくださりませんか」

平吉は膝《ひざ》を進めて、額を畳に擦りつける。

「盗人に心あたりがあると言ったが、そやつは近くにいるのか？」

「おそらく、船問屋の船差ではないかと……」

平吉は声を抑えて言った。船差は船頭でもあるが、荷分けや船の手配をする者だ。多くは船問屋の雇いで、船持ちと交渉もする。

「その船差が盗んだという証拠はあるのか？」

大河は平吉をまっすぐ見て聞く。

「証拠は……ありませんが、わたしと須賀《すが》屋の旦那《だんな》が話し込んでいるとき、船差が近くにいたのです。金がなくなったのに気づいたのは、須賀屋さんとの話が終わってこの宿に帰ってからのことです」

平吉は汗もかいていないのに、手拭《てぬぐ》いで額や首筋をぬぐう。

「その金は何に入っていたのだ？」

「巾着《きんちゃく》です。これです」

平吉は脇に置いていた巾着を掲げて示す。つまり、金だけ抜かれたというわけだ。

「金の入っていない巾着なら軽くなっているから気づくであろうに……」

「それがまったく気づかなかったんでございます。山本様、どうか力をお貸しいただけませんか。問屋場《といやば》に届けるとなると、面倒な調べを受け、さらに足止めを食うことになります。わたしは金さえ戻ってくれば、騒ぎ立てずに江戸に戻るつもりなのです」

平吉は必死の目を向けてくる。

「須賀屋というのはどこぞの商家であるか？」

「船問屋です。わたしが疑っている船差はその須賀屋の林五郎《りんごろう》という者です」

「その林五郎はいまどこにいる？」

「須賀屋にいるはずです。舟着場のすぐそばの店です」

大河は表を見た。まだ日の暮れまでには時間があった。

「よし、直接会って話をしよう」

大河が差料を引き寄せると、

「林五郎は荒くれ者で、相手がお侍でも遠慮しない男です」

と、平吉が忠告する。

「だからといって話をしないわけにはいかぬだろう」

大河はそのまま立ち上がった。平吉が金魚の糞《ふん》のようにあとをついてくる。

倉賀野河岸には蔵が何棟もあり、その近くには船問屋が数軒あった。須賀屋はそのなかでも間口の大きな店で、いまも忙しそうに荷分け作業をしている者たちがいた。

その差配をしているのが林五郎だった。いかにも強情そうな顔で、ときどき荒っぽい言葉で人足らに指図をしていた。

「何です？」

大河が声をかけると、林五郎は真っ黒に日に焼けた顔を向けてきた。ぶ厚い唇も強情そうで、大きなギョロ目だ。

「大袈裟《おおげさ》にしたくない話がある」

大河は人目につかない店の脇に連れて行った。林五郎は訝《いぶか》しげな顔をして、じろりと平吉をにらんでから、大河を見た。

「いったい何です？」

「この男を知っているな？」

大河は平吉を見て言う。

「春木屋の番頭さんだ。用は何です？」

「昼間、平吉が須賀屋の主《あるじ》と話をしていた。そのとき、おまえさんがそばにいた」

「ああ」

「平吉は須賀屋の主と話し込んでいたので気づかなかったらしいが、そのとき巾着に入っていた金を盗まれたらしいのだ」

「なんだと。そりゃ大事じゃねえですか」

「そのときそばにいたのは、おまえさんだけだったらしい」

大河は林五郎をまっすぐ見る。林五郎は太い眉《まゆ》を動かして驚いたが、すぐに怒気を含んだ顔つきになった。

「まさか、おれが盗んだと言うんじゃねえだろうな。冗談じゃねえぜ。人を疑《うたぐ》るのも大概にしやがれ。おれがいつおまえの金を盗んだと言うんだ。ええ、その証拠があるのか。おれが盗むのを誰か見ていたのか」

林五郎の怒りは平吉に向けられ、いまにも噛《か》みつきそうな顔になった。

「あ、いえ、そういうわけではありませんが、須賀屋さんと話しているとき、そばにいたのは林五郎さんだけでしたので……」

「だからおれが盗んだと言うのか！　ふざけるなッ！　それじゃおれはその金を持っていなきゃならねえ。いったいいくらだった？　言ってみやがれ」

「そ、その二十両ほど」

「何だと！　そんな金なんざ、身に覚えのねえことだ。ほら、これがおれの財布だ」

林五郎は懐から出した財布で、平吉の胸をたたいた。

「疑るんだったら、ここで素っ裸になるから調べりゃいい。それでも疑るんだったら、店に行っておれの持ち物を片っ端から調べやがれ」

林五郎は怒りまくった。

嘘を誤魔化すために怒っているのではないと、大河にはわかった。後ろめたいことをした人間は、視線が定まらなかったり、表情に卑屈さが見えたりする。しかし、林五郎にはそんな素振りはない。

「林五郎、おまえが盗んだと言っているのではない。ただ、たしかめたいだけなのだ。落ち着いてくれ。平吉の思い過ごしで、別のところで盗まれたのかもしれぬ」

「へ、へえ。そうかもしれません。林五郎さん、どうかお気を悪くしないでください」

平吉はぺこぺこ頭を下げる。

「とっくに気は悪くなっているさ。ふざけやがって。で、他に何か聞きてェことがあるのか」

「あ、いえ、結構です」

林五郎は平吉と大河に一瞥《いちべつ》をくれて仕事に戻っていった。

大河は嘆息して舟着場に留められている舟を眺めた。どれもこれも高瀬舟だ。揃ったように帆を下ろしている。

「平吉、あの男は盗んでおらぬと思う」

「しかし……」

平吉は納得いかない顔だ。

「おまえは盗まれたときに、その巾着をどこに置いていた?」

「わたしの膝横です」

「話し相手の須賀屋はどこにいたのだ?」

「わたしの目の前です」

「だったら、須賀屋が気づいているだろう。それに金だけ盗むには手間がかかるはずだ。林五郎にそんなことができたと思うか……」

平吉は首をかしげて「違いますかねえ」と、ため息をつく。

「須賀屋を出たあとはどうした。旅籠《はたご》に帰るまでのことをよく考えてみろ」

「須賀屋さんとの話が終わると、わたしはどこにも立ち寄らずに宿に帰りました。それから宿は出ていないのです」

「ずっと客間にいたのか？」

「いえ、厠《かわや》にも行きましたし、台所に茶をもらいにも行きました」

「そのとき巾着《きんちゃく》はどうした。持っていたのか？」

「いえ、部屋に置いていました」

「それじゃ旅籠で盗まれたのかもしれぬ。そう考えられぬか」

「そう言われると、そんな気もしてきました」

「だったら浅間屋に行って調べよう」

二人はすぐに旅籠浅間屋に戻った。平吉は自分の客間に出入りした女中を調べるために、番頭にそのわけを話しに行った。

大河は着替えをするために自分の客間に入ってひと息ついた。

「とんだ人騒がせな」

独り言が口をついたが、たしかに平吉にとっては一大事だ。大河は足袋《たび》を脱いで、部屋の片隅に置いていた振分荷物を引き寄せた。

そのとき、おかしいと思った。出かけるときに、振分荷物は枕屏風《まくらびょうぶ》で囲った夜具の上に置いていたはずだ。それが、枕屏風のそばにあった。

振分荷物に金目のものは入っていないが、念のためにあらためた。なくなっているものはなかった。

女中が部屋の掃除をしに来たときにでも、元に戻し忘れたのだろうと思い、立ち上がって夜具の上に置き直したときだった。

畳まれた夜具の下にはみ出ているものがある。

何だろうと思ってつかみ取ると、結構な重さだ。それは粗末な布きれで作った巾着だった。紐《ひも》を解いてなかを見ると、金が入っていた。それも紙包みで封をされたものだ。しかも封印には「三拾両」とある。

大河はさっと顔を上げた。

三

「おれの客間を掃除した者がいると思うが、誰だかわかるか？」

大河は帳場へ行って番頭に問うた。

「山本様のお部屋でしたら、お留です。仕事に出てくると、決まって客間の掃除をするのはあの子です」

「すると、春木屋の平吉の部屋も」

「さようですが、何かございましたか？」

番頭は怪訝《けげん》そうな目を向けてきたが、大河は何でもないと言って自分の客間に戻った。

平吉が盗まれたと言った金は二十両。

そして、この巾着にあるのも二十両。

大河は留の顔を瞼《まぶた》の裏に浮かべた。

（まさか、あやつが……）

平吉は須賀屋と話をしたあと、浅間屋に戻ってきている。そして、その頃留が仕事にやってきた。

平吉はずっと客間にいたのではなく、廁と台所に行っている。そのとき、留が平吉の客間に入っていれば、留の仕業だと考えることができる。

「誰かおらぬか？」

大河は手をたたいて帳場のほうへ声をかけた。

すぐに廊下に足音がして、

「ご用でしょうか？」

と、年増の女中がやってきた。

「この部屋の掃除は留がしたのだな」

「へえ、あの子は山本様がお気に入りのようですから」

大河は少し考えてから、留を呼んでくれと頼んだ。

待つほどもなく、留が嬉《うれ》しそうな顔をしてやってきた。

「何かご用ですか？」

少し鼻にかかった声で聞いてくる。

「そこにいないで入れ。少し話をしたい」

「何でしょう……」

留は膝《ひざ》を擦って大河の前にやってきた。表の光が化粧気のない顔にあたっていた。

「この部屋の掃除をしてくれたのはおまえだな」

「へえ」

「そのとき何か忘れ物をしておらぬか」

大河が凝視すると、留の顔から笑みが消えた。

「おまえは巾着を持っているか？」

「……へえ」

「もしや、これではないだろうな」

留の顔がハッとなる。大河は少し膝を進めて声を抑えた。

「騒ぎにはしたくない。正直に話をするのだ。よいな」

「………」

「この巾着には二十両という大金が入っていた。おまえの巾着でなければ、誰かが布団のなかに隠していたとしか考えられぬ。他の女中や番頭に聞けばすぐにわかるだろう。この巾着に心あたりはないか」

「それは……」

留は大河の視線を外してうなだれた。

「おまえは仕事に出る前に、河岸場《かしば》の茶屋でおれと話をしたな。そしておまえはこの旅籠へ仕事に来た。おれは河岸の近くにある大杉《おおすぎ》神社に参拝をし、それから井戸《いど》八幡《はちまん》にも立ち寄ってこの宿に戻ってきた。その間に、おまえはこの部屋の掃除をした」

「………」

「だが、その前に春木屋の番頭平吉の客間へ行った。平吉は厠に立ち台所にも茶をもらいに行っている。そう長くはなかっただろうが、平吉は金を入れた巾着を部屋に置いていた。おまえは平吉が大金を持っているのを知っていたので、中身を盗み、自分の巾着に入れた。だが、女中部屋に置いておくのは不用心と考え、この部屋の掃除をするついでに重ねた布団の間に隠した。ここに隠したのは、布団を敷くのがおまえの仕事だからで、そのときうまく誤魔化そうと考えた」

「申しわけありません。どうしたらよいでしょう」

留は半べそをかいて自分が盗んだことを認めた。

大河が深いため息をついて腕を組むと、留が涙ぐんだ顔を向けてきた。

「山本様、盗むつもりはなかったんです。春木屋さんはいい着物を着ているし、お金持ちのようだし、それで部屋をのぞいたらいつも手に提げてらっしゃる巾着が目について……そんなことするつもりはなかったんですけど、春木屋さんが厠に入られたので、巾着をのぞいたら封のされたお金があって、つい……。山本様、わたしには三つの娘がいます」

大河は目をみはった。

留は泣きながら言葉をついだ。

「父親は誰だかわからないんです。でも、娘を育てなければなりません。この店から暇《ひま》を出されたら行くところがありません。たまには娘にいい着物を着せたり、うまいものを食べさせたいと思ってもできない。継《つ》ぎ接《は》ぎだらけの古着を着せ、貧しい食い物しか食べさせられません。盗むつもりはなかったんですけど……すみません。どうしたらよいでしょう。お金はそのままお返しします。旦那《だんな》さんや番頭さんに知られたら、わたしは……」

留はそのまま突っ伏すと肩を震わせて泣いた。

「盗んだのは今度が初めてか。以前にはやっていないのだな」

「やってません」

留は首を振って答えた。

「二度とやらぬと誓うか？」

「はい、二度としません。ですから……許してください」

留はまた泣いた。

「魔が差して浅知恵をはたらかせたのだろうが、盗みはよくない。十両盗めば死罪になるのだ」

留は泣き濡《ぬ》れた顔を上げ、驚いたように口を開いた。

うのだ」

「そうなれば、三つの娘を泣かせることになるばかりでなく、罪人の娘にしてしま
「………」

留は呆気《あっけ》に取られた顔をした。

「よい。おれがうまく計らう。おまえはいつもどおり仕事をするのだ。涙を拭《ふ》いて
仕事に戻れ」

大河は自分の手拭《てぬぐ》いを差し出し、留の巾着《きんちゃく》から金を取り出して自分の懐に入れた。

留が何度も頭を下げて客間を出て行くと、平吉とどう話をしようか考えた。それ
にしても留に三つの娘がいるとは驚きだった。

とにかく、平吉を安心させなければならない。

嘘や誤魔化しの話はできないので、大河は正直に打ちあけることにした。もし、
平吉が騒ぎ立てるようなら、頭を下げてでも説得するつもりだ。

「他でもない話がある」

平吉の客間を訪ねると、やはり落ち着かない顔を向けてきた。

「何でございましょう……」

「盗まれた金のことだ」

平吉の小さな目が見開かれた。

「金はあった。これであろう」

大河が懐から封印された二十両を差し出すと、平吉はさらに目を大きくして驚き、そして胸を撫《な》で下ろして安堵《あんど》の吐息をついた。

「しかし、いったいどこに……？」

「この一件、おまえの胸にしまい込んでおいてもらえないか。じつはほんの出来心で金を盗んだ者がいた」

「それは誰で……」

平吉の顔が引き締まった。

大河は留の仕業だったことを正直に話した。

平吉は息を呑んだような顔で、大河の話を最後まで聞いていた。

「すると、わたしが厠《かわや》に行ったほんの短い間に……」

「ここだけの話でまるく収めてもらえぬか。留は出来心だった。もう二度としないと言っているし、あれは三つの娘の母親なのだ。おまえが許してくれなければ、留と娘は不幸になる。もちろん留のやったことがよくないのは重々承知している。腹立ちはよくわかるが、何とか堪《こら》えてくれぬか。金はそっくり戻ってきたのだ。母娘を助けるためにも、わたしからもこのとおりお頼みいたす」

大河は尻《しり》をすって下がると、両手をついて頭を下げた。

「……山本様、おやめください。わかりました。金が戻ってきたので、これでそつなく仕事を進め、明日江戸に戻ることができます。此度《こたび》の件は、わたしの胸のうちにしまっておきます」

大河はさっと顔を上げた。

「かたじけない」

「そんな大きな体をした方に頭を下げられると、わたしは何も言えなくなってしまいます」

平吉はそう言って苦笑いをした。

その後、大河は留を平吉の客間に連れて行き、心からの詫《わ》びを入れさせた。平吉もそのことでやっと溜飲《りゅういん》を下げたらしく、

「人の道に外れたことはやってはなりませぬよ」

と、やんわりと留を諭した。

四

翌朝、朝餉《あさげ》の支度をしてある座敷に行くと、先に食事を終えていた春木屋の平吉がそばにやってきた。すでに出立の支度を調えていた。

「山本様、昨日はお世話になりました。おかげさまで助かりました」

「礼には及ばぬ。わたしのほうこそ穏便に計らってもらい胸を撫で下ろしているのだ」

「いい方にお目にかかれて何よりでした。これも何かのご縁でございましょう。江戸にお戻りになられましたら、是非とも手前どもの店をお訪ねくださいまし」

「機会があれば伺おう。それでもう出立か？」

「はい。早い舟で江戸に下ります」

平吉は材木船（筏舟《いかだ》）は仕立て終わったので、自分は高瀬舟に乗ると話した。その高瀬舟には上州《じょうしゅう》や信州《しんしゅう》、そして越後《えちご》などから集められた特産品が積まれる。信州産の多葉粉《タバコ》やうどや辛子、上州産の麻や絹綿、越後の鰤《ぶり》といった具合だ。その他に米や大豆なども積み込まれる。

大河に朝食が運ばれてきたところで、平吉はさらにあらたまって、

「そろそろ出かけますので、これで失礼いたします。山本様、これはほんの心ばかりの印です。どうぞお納めください」

平吉は半紙に包んだものをすっと差しだした。

「こんなことは……」

断ろうとしたが、平吉はさっと手で制して、

「つつがなく仕事を終えることができました。それも山本様のおかげです。どうぞ、ご遠慮なさらずに」

平吉はずいっと包み紙を押し出す。

「ならば遠慮なく」

大河が受け取ると、平吉はほっとした笑みを浮かべ、そのまま旅籠《はたご》を出て行った。

泊まり客は大河がいまいる台所そばの座敷で食事を取ることになっているが、留の姿はなかった。

昼前は娘の世話があるので、仕事に来られないのだ。そのことは春木屋の主《あるじ》も了解ずみだと、昨日聞いていた。

泊まり客が入れ替わり立ち替わり座敷にやってきて、食事を取るとすぐに出てい

く。旅籠の朝はどこも慌ただしい。

大河は食事を終えると、自分の客間に戻り、平吉からもらった謝礼をたしかめた。一分銀が四枚入っていた。過分なのか相当なのかわからないが、路銀の足しになる。

空はよく晴れている。どこかで鶯《うぐいす》がさえずっていて、表通りからいろんな人の声が聞こえてくる。

(明日は津田道場に行かねばならぬ)

天真伝一刀流の技がどんなものであるか、いまから楽しみである。

大河はその日、木刀を携えて、井戸八幡の境内へ行って素振りと型稽古《かたげいこ》で汗を流した。昨日は大杉神社にも行って境内をたしかめたが、井戸八幡のほうが稽古に適していた。

稽古をしている間は忘我の境地になり、一切の邪念を払うことができる。ひと汗流して手水場《ちょうずば》のそばでひと息入れると、また稽古をつづけた。

津田道場の当主がいかほどの技量を身につけているのかわからないが、負けるわけにはいかぬ。

しかし、ほんとうに立ち合ってくれるだろうかという懸念もある。

(いや、相手をしてもらわなければ、この旅の意味はないのだ)

大河は「えいッ、やッ！」と、木刀を振りつづけた。

「山本様……」

浅間屋に戻り客間で体を拭《ふ》いていると、廊下から声がかかった。

「留か。入れ」

障子が開き、留が畏《かしこ》まった顔で部屋のなかに入ってきた。

膝《ひざ》をつき両手をついて、

「昨日は大変ご迷惑をおかけいたしました。ありがとうございました」

と、頭を下げた。

「もうすんだことだ。まさかおまえが子持ちだとは思わなかったが、娘のためにも間違った考えを起こしてはならん」

「はい、これからは気をつけます。お風呂《ふろ》はいつでも入れます」

「さようか。では、これから浸かりに行こう」

「山本様……」

手拭《てぬぐ》いを取ると、留が見上げてきた。

「わたしのこと嫌いになりましたか？」

大河は不安そうな顔をしている留を短く眺めてから、口の端をゆるめた。

「いや、嫌いにはなっておらぬ」

そう答えると、留はふんわりと頬をゆるめて、よかったとつぶやいた。

大河はそのまま風呂場に行ったが、もう留を買う気にはならなかった。

その日の夕餉《ゆうげ》のあとで、留が酒を運んできた。

「明日はこの宿を出る。留に会うのも今日が最後だ」

大河は酌を受けてから言った。

「明日はどちらへ？」

「高崎だ。それから京に向かう。おまえは明日も昼からの勤めか？」

「はい、娘の世話がありますから」

「子育ては大変だろう」

「大変ですけど、楽しいです。それに食べてしまいたいぐらい可愛いし……」

留は普段の自分を取り戻したらしく、くすっと笑った。

「娘の名は何という？」

「お清《きよ》です」

大河は目をまるくした。

自分の妹と同じ名前である。

「これは驚きだ。じつはおれの妹も清というのだ。養子をもらって実家を継いでいるが、もう子ができているはずだ。そうか、清か……」

「山本様のご実家も江戸ですか？」

「いや川越《かわごえ》だ。城下から外れた村だ。その村にも烏川のような川があり、河岸場《かしば》がある。ここに来たとき、真っ先にそのことを思い出した」

「川越にはお帰りにならないのですか？」

「いずれ帰るだろうが、まだ先のことだ。まずは修行の旅を無事に終えねばならぬ。留、明日会えぬなら、今夜が別れだな。達者で暮らせ」

「はい」

留は淋《さび》しそうにうなだれた。

「嫁に行く気はないのか？　おまえはまだ若い。器量もよいのだ。子持ちでももらってくれる男はいると思うが……」

「縁があればよいのですが、そんな人はまだ……」

「いずれ、いい縁が向こうからやってくるだろう。それから、これを」

大河は懐から紙包みを出して、留の膝に置いた。

春木屋の平吉からもらった謝礼だった。

留はぽかんとした顔を向けてきた。

「おまえといて楽しかった。娘に何か買ってやれ」

大河はそう言って酒をあおった。すると、留がすっくと立ち上がった。大河が顔を上げると、肩襟を脱ぎ、帯を解こうとした。

「やめろ。そのためにやったのではない」

「でも……」

「いいのだ。座れ。座って酌をしてくれるだけでいい」

五

翌日、大河が浅間屋を出たのは、五つ（午前八時）前であった。

津田道場にはゆっくり歩いていっても半刻《はんとき》ほどしかかからない。もし、道場が開いていなければ待つ肚《はら》づもりだ。

脇本陣の須賀屋を過ぎると、間もなく宿場が途切れ、あとは杉と松の並木道になる。往還の両側に田畑が広がり、遠くに妙義山や浅間山などが霞《かす》んでいる。

「山本様！」

小さな地蔵堂を過ぎたときだった。声のほうを見ると、ねんねこを着た留が子供を負ぶっていた。

「留……」

「清です」

留は近づいてきて、負ぶっている娘の顔を見せた。大河がのぞき見ると、清という娘ははにかんだように笑った。

「おまえに似て可愛い顔をしている。わざわざ見送りに来たのか？」

「きっとここを通られると思ったんで待っていたんです。わたしの家はここからすぐなんです」

留は後ろを振り返って言う。

「そうか、それはわざわざ……」

「山本様、修行の旅は大変でしょうけど、どうかお体に気をつけてください」

「おまえもな」

「はい、機会があったらまた倉賀野に来てください」

「うむ、そうだな。では、さらばだ」

大河はまた歩き出した。

しばらく行くと、留が「お達者で、お達者で」と何度も声をかけてきた。

大河は歩きながら、旅とはいろんな人との出会いがあるものだと、妙に感慨深い思いに浸った。

津田道場はすでに開いていた。数人の門弟が道場に雑巾《ぞうきん》掛けをしていたのだ。

大河はその様子をしばらく眺めていた。自分も鍛冶橋道場に入り立ての頃は、誰より早く道場に入って雑巾をかけた。それは足腰の鍛錬にもなったから進んでやったのだが、いつしか「雑巾掛け」という渾名《あだな》をつけられた。

されど、それは束の間のことで腕を上げていくと、誰もそんなことは言わなくなった。

「お頼み申す」

声を張って玄関に入ると、掃除中の門弟が同時に振り返った。

「拙者は山本大河と申す。先日、師範代の木村様と約束している者だが、いらっしゃるだろうか？」

「少々お待ちを……」

十代とおぼしき門弟が返事をして、道場脇から奥に消えた。大河は式台に振分荷物と袋竹刀と木刀を置いて待った。

道場は四間四方だから、さほど広くはない。武者窓から入る風が気持ちよく、雑巾掛けの終わった床板に窓越しの光があたっていた。

さっきの若い門弟が戻ってきて、上がって待ってくれと言う。大河は上がり込むと下座に腰を下ろして待った。

しばらくして師範代の木村瀬兵衛と、四十代後半の男があらわれた。

「山本大河、約束どおり罷《まか》り越しました」

大河は慇懃《いんぎん》に言って頭を下げた。

「いつ見えられるかわからぬので、朝から待っていたのです。こちらが当主の津田角蔵先生です」

木村に紹介された津田角蔵は、中肉中背で頬骨が高く顎《あご》の張った男だった。歳は四十代後半に見える。

「玄武館千葉道場から見えたのですな。山本殿は誰に教えを受けられました？　周作殿でしょうか……」

津田は穏やかな表情で話しかけてくるが、目の奥には鋭い光がある。

「周作先生から直々に受けたことはありませぬが、主に弟の定吉先生と、そのご長男の重太郎先生から教わることが多ございました」

「すると鍛冶橋の千葉道場のご門弟ですか……」

津田はよく知っているようだ。お玉ヶ池の道場には、「玄武館」という名があるが、定吉が当主を務める鍛冶橋の道場には館名はない。

「千葉道場は恵まれています。周作先生のご子息はいずれも剣名が高い。そんな方たちにまじって稽古《けいこ》を積んでこられての廻国《かいこく》修行ならば、かなりの腕前と見ました。それで立ち合いを所望されているそうですが……」

「いかにも。是非にもお手合わせ願えませぬか」

「よろしいでしょう。しかし、当道場は流行《はや》りの竹刀剣術ではないので、道具は使いません。用いるのも木刀ですが、それでもかまいませぬか」

「望むところです」

大河が即答すると、津田は片頬に薄い笑みを浮かべ、

「では、まず師範代の木村と立ち合ってもらいましょうか」

と言った。

「承知しました」

「では、支度を」

大河は早速羽織を脱いで、襷《たすき》を掛けた。

その間に十人ほどの門弟が道場にあらわれ、見物のために壁際に腰を下ろした。

津田は正面見所の中央にゆっくり腰を下ろすと、支度の終わった大河と木村を見て、

「では、はじめよう」

と、静かな声を漏らした。

六

大河は道場中央にて間合い二間で、木村瀬兵衛と対峙《たいじ》した。構えは互いに青眼。木村がゆっくり間合いを詰めてくる。大河も摺《す》り足で詰めていく。

道場はしーんとした静寂に包まれている。

木村は大河と同じぐらいの背丈だが、体は幾分細身である。切れ長の目をランと光らせ、大河の出方を待っている。

大河は微塵《みじん》も臆《おく》してはいなかった。

どこからどう出てこられようと、受けてかわす自信があった。しかし、木村は互いに打って出られる間合いになっても仕掛けてこない。

（ならば……）

大河は木刀を中段に取ったまま、すすっと前に出た。

それに合わせて木村が下がる。

（打ってこい）

大河は心中で誘いかけるが、木村は逃げるように下がるだけだ。

まだ打ち合ってもいないのに、額に粟粒《あわつぶ》のような汗を浮かべ、引き結んだ口をへの字に曲げている。

「おりゃあッ！」

大河は誘いかけるように胴間声を発した。

その大音声が道場内にひびきわたった。木村が気合いを返してくると思ったが、黙したままである。

大河はさらに詰めた。木村は逃げるように下がる。その額に浮かんだ汗が、頬を伝い流れ顎からしたたり落ちている。

大河はドンと床板を踏んで突きを送り込んだ。木村はやはり逃げる。さらに大河が追い込むと、木村は壁際まで下がって、

「ま、まいった」

と、無念そうな顔をしてつぶやいた。

「拙者の負けでござる」

そう言って先に木刀を下げた。

「なんと……」

見所にいる津田が眉宇《びう》をひそめ、信じられないように木村を見た。

見学している門弟らは隣の者たちとヒソヒソと言葉を交わしていた。

「先生、わたしの負けです。山本殿に隙を見出《みいだ》せないどころか、打って出ることができませんでした」

「なんとも……」

津田は不服そうな顔で首を振り、

「よし、わたしが相手いたそう」

と、言って脇に置いていた木刀をつかんで立ち上がった。

道場中央に進み出た津田は、片手に持った木刀をだらりと下げている山本大河の前に立った。

「さあ、どこからでもまいられよ」

と、先に木刀を構えた。

大河はゆっくり木刀を持ち直して構えた。

それを見た津田は前に出ようとしたが、

（これは……）

心中で驚きの声を漏らした。

大河は体が大きいばかりでなく、その気迫が全身を包んでいる。木刀にもその気が注入されているのか、やけに大きく見える。

「うむ……む……」

津田はうなって大河を見据える。

大河は背も高ければ胸板も厚い。肩幅も広く腕も逞《たくま》しい。物怖《ものお》じしそうになるのは、その面構えだ。

どっしりした鼻梁《びりよう》に、大きめの口。眼光はまるで猛禽《もうきん》のそれである。

さらに全身に獣のような闘争心を宿している。その迫力は、さっきそこに座っていた若い男と同じとは思えぬほどだ。

大河が詰めてきた。津田も詰めようとするが前に出ることができない。木刀の柄《つか》をゆっくりにぎり直し、わずかに剣尖《けんせん》を上げた。

大河が一寸、また一寸と詰めてくる。その木刀の剣尖に込められた精気から炎が立っているようにさえ見える。

津田は我知らず総身に汗をかいていた。

大河に隙を見出せず、打ち込むことができない。前に出て一本取りたいと思うが、それができない。

津田は焦った。逃げるばかりではいかぬ。前に出なければならない。丹田に力を入れ直して、面を狙おうとわずかに剣尖を下げた。

すると、大河の木刀がぴくりと動いた。

打ちに行けば擦り上げられ胴を抜かれそうだ。

(いかん……)

津田は一旦《いったん》下がって、隙がなければ小手を狙って出方を見ようと考え、前に出た。

引いた踵《かかと》をわずかに持ち上げ、木刀を手許《てもと》に引いた。

小手を打ちに行けば、擦り落とされて突きを食らいそうだ。

(なんということだ)

焦りが募り、顔面汗だらけになっていた。

しかし、打ち合うこともできずに勝負を終わらせるわけにはいかない。

「おしッ」

おのれを鼓舞するために気合いを発した。

同時に捨て身で打っていこうと決めた。

前に出る。剣尖を上げると見せかけ、下方に移し、同時に大河の顎《あご》を打ち砕く勢いで斬り上げた。

カーン！

耳朶《じだ》をたたく乾いた音が道場にひびいた。

津田には木刀を撥《は》ね返されたのだとわかっていたが、腕に電流のような痺《しび》れが走っていた。何という力だ。

津田は気を取り直して木刀を構え直し、

「恐れ入った」

と、木刀を下げた。

第三章　木曾の剣士

一

新緑が目に鮮やかになった頃であった。

お玉ヶ池の玄武館千葉道場の庭にある柿や欅《けやき》も、瑞々《みずみず》しい青葉を茂らせていた。

二代宗家の千葉奇蘇太郎が逝去して早四十九日も過ぎ、道場も以前のように活気を取り戻し、道場を預かる道三郎の気持ちも落ち着いていた。

ただ、問題がないわけではない。道三郎は一手に道場を預かっているが、それは道場経営に重きを置かなければならぬということだ。

奇蘇太郎もそのことでずいぶん頭を悩ましていたのを知っている。もちろん、歳費に関してはその道に長《た》けた者を雇っているが、すべておまかせというわけにはいかない。

「師範代がな……」

母屋の奥座敷で文机《ふづくえ》に向かい、帳面を調べていた道三郎は、庭に目を向けてつぶやいた。

青葉がまぶしく輝き、どこで鳴いているのか姿は見えないが鶯《うぐいす》が楽しげにさえずっている。

（あやつ、どこで何をしているのだ）

道三郎は大河の顔を思い浮かべた。

やはり武者修行になど出すべきではなかった。首に縄をつけてでも江戸に留《とど》まらせておくべきだった。

そう思っても後の祭りで、いまやどうすることもできぬ。

「庄司《しょうじ》様が見えました」

廊下から下僕の三蔵の声がした。

「庄司さん……客間に通してくれ。すぐに行く」

道三郎は文机の上の帳面を片づけ、それから客座敷に向かった。庄司弁吉《べんきち》がにこにこした顔で座っていた。

「ご無沙汰《ぶさた》でございます。相も変わらずお達者そうで何よりです」

庄司は旅装束だった。普段は水戸弘道館にて、周作と栄次郎の補佐をする教授方を務めている。元玄武館の四天王の一人だ。

「庄司さんも元気そうで何よりです。いつ水戸から……」

「まっすぐまいりました。大先生もいっしょでしたが、大先生は江戸藩邸に赴かれましたので、先にまいった次第です」

「父も江戸に……」

「しばらく逗留《とうりゅう》されるはずです。おそらく二、三日はゆっくりなさるでしょう。それはともかく奇蘇太郎さんは返す返すも残念なことでした」

「うむ。わたしもまさかと信じられない思いだった。されど、奇蘇兄の宿命だったのかもしれぬ。そう思うしかない」

道三郎はそう言ったあとで、庄司をまじまじと眺めた。

あかるく飾らない人柄で、自分の腕を自慢したり権高になったりすることもない。下の者から慕われる性格の持ち主だ。

「何か、わたしの顔についていておりますか？」

庄司は片手で自分の頬をさするように撫《な》でた。

「いや、いいことを思いついたのだ」

「何でございましょう」

「庄司さんは父と栄次郎兄の助をされていますね」

「いかにも」

「江戸に来ることはできませんか？　いや、すぐにというわけではありません。このことは父にも相談します」

「いったいどういうことで……」

「師範代になってもらいたいのです。道場にはその役を務められる者が何人かいますが、いずれも大名家の家臣です。江戸在府が終われば国許に帰ってしまいます。門弟のなかに勝手の利く者がいないかと考えていますが、なかなかいません」

「山本大河はいかがしました。あの男の噂は水戸へも聞こえています。栄次郎様から聞きましたが、道三郎様はその山本を師範代に据えたいお考えがあると……」

「さように考えていましたが、あやつ武者修行に出ているのです。まさか、奇蘇兄が亡くなるなど思ってもいなかったので、行ってこいと言ったのですが、いまや呼び戻す術《すべ》がありません」

「しかし、わたしが師範代を務めるとしても、そのお許しが出るかどうか……」

庄司は首をかしげる。水戸家に仕えている身なので、町道場のために居所を容易《たやす》く変えることはできない。

「だから父上に相談するのです。庄司さん、もし江戸に戻してもらえるなら、受けてもらえませぬか」

「それは願ってもないことですが……果たしてうまくいくかどうか」

「とにかく、このことを父上に相談します。庄司さんが来てくれるなら大助かりだ」

「いやいや、お役に立てればよいのですが……」

庄司は嬉《うれ》しそうに頭をかく。

その日の夕刻、庄司弁吉と入れ替わるように父周作がやってきた。江戸逗留は三日の予定で、藩主慶篤《よしあつ》に挨拶《あいさつ》をしたらすぐに水戸に帰るとのことだった。水戸家に百石で抱えられ、弘道館師範という身であるから忙しいのだ。

周作は長男奇蘇太郎の死に目にも会えず、葬儀にも来られなかったことを悔やみ、仏壇に焼香して手を合わせたあとで、道三郎と座敷で向かい合った。

遅れて栄次郎もやってきて、久しぶりに親子水入らずの小さな宴《うたげ》となった。栄次郎は相も変わらず闊達《かったつ》で健啖《けんたん》、かつよく酒を飲んだ。

父周作は水戸でどのような暮らしをしているかを語ったあとで、

「どうやら国は変わるかもしれぬ」

と、ぼそりと言った。

「国が変わる？」

道三郎はほどよく日に焼けている周作の顔を見る。いつの間にか白髪が増え、顔のしわも深くなっていた。それに、痩《や》せたと言うより、やつれた印象を受けたが、それは旅の疲れだろうと思い口にはしなかった。

「国もそうだが、幕府が変わるときかもしれぬ」

周作は先の日米和親条約はあってはならぬことだったと、静かな口調で話した。幕府が弱腰であったから、不利な条件をアメリカに突きつけられた。西欧諸国もそれにつづけとばかりに、幕府に開港と開国を迫っている。放置しておけば日本がそれらの国に支配される危険があると言うのだ。

「まさか、さようなことが……」

道三郎は杯を口の前で止めて、周作を見た。

すると、栄次郎が口を開いた。

「父上のおっしゃることがおれにもよくわかるようになった。剣術ばかり考えてきた頭でも、学問に目覚めると世の中のことがよくわかるのだ。幕府はもっと強くならねばならぬ。開国は以《もっ》ての外のこと、攘夷《じょうい》の気運を高めねばならぬ。そうは言っても口出しできる立場にはないので、もっと上の方たちによく考えてもらいたい」

道三郎は杯のなかの酒を見つめる。

父も栄次郎兄も、水戸で新たな思想を学んでいる。それは二代藩主水戸光圀《みつくに》の『大日本史』を基礎にした学問で、藤田東湖《ふじたとうこ》らによって水戸家に浸透していた。

だが、道三郎にはその詳細はわからないし、知りたいという興味もなかった。それに政治的な固い話は苦手である。

「父上、ひとつご相談があります」

話が一段落したところで、道三郎は切り出した。

「当道場の師範代が定まりません。そのわけは申すまでもないことですが、わたしの助をしてくれる師範代が何としてでも必要です。諸国大名家の門弟でもよいのですが、彼らは江戸在府が終わればいなくなります。入れ替わり立ち替わりでやりもできましょうが、なかなか難しいところです。庄司さんが父の下にいますね」

「庄司を江戸に戻せと言うか」

周作は思案顔を向けてきた。

「あの人なら申し分ありません。教え方もうまいし、人の扱いにも長《た》けています。

昼間ここに見えたときに、そのことを話しましたが、まんざらではないようでした」

「さようか。ま、折を見て殿様なりご家老なりに話してみよう。わしの一存で勝手なことはできぬからな」

道三郎は少し胸を撫で下ろした。

二

雨が地面を湿らせて、庭の木々は十分な水分を含み黒くなっていた。

大河は縁側に座り、紫陽花《あじさい》の葉にしがみついている雨蛙を凝視していた。

そこは津田道場の当主、津田角蔵宅の離れだった。

まさかこんなに長く居着くとは思っていなかったが、すでに六月である。

津田角蔵と立ち合って勝ったときに、

「当道場でしばらく指南をお願いできまいか」

と、頼まれた。

大河は受けるつもりがなかったので、指南料は安くないと言葉を返した。

「いかほどでござろうか？」

「江戸で出稽古《でげいこ》をしていたが、そのときは日に一分をいただいていました」

と、少し上乗せをした金額を提示した。

津田は短く思案したが、すぐに応じ返した。

「食客でいかがでしょう。無論、指南料は相応にお支払いします」

その金高を聞くと、月三両だと答えた。食住がただになり、月三両の報酬は悪くなかった。路銀稼ぎにもなると計算した。

「ならば、しばらくの間お世話になりましょう」

そう答えてから、もう四月がたつ。

大河は紫陽花の葉にしがみついている雨蛙から視線を外し、雨を降らす鉛色の雲に覆われた空をあおぎ見た。

(そろそろ去《い》ぬるときであるな)

肚《はら》を決めた大河はすっくと立ち上がると、母屋の津田角蔵を訪ねた。

「雨がよく降りますな。まあ、こちらへ」

津田と向かい合った大河は、すぐに切り出した。

「いろいろお世話になりましたが、もう四月になります。そろそろ旅に出たいと思いますので、その旨お伝えしておきます」

「……さようですか」

津田は少し落胆の表情になったが、

「お約束は三月でしたからしかたありますまい。山本殿のおかげで門弟の士気が上がりました。そのこと感謝いたします」

津田はその面構えに似合わない素直な性格だった。大河との立ち合いで負けたときも潔かったし、その後のもてなしもよかった。

「ここは居心地がようございました。それも津田殿のお人柄あってのことだと思います」

「わたしはさほどの者ではありません。しかし、江戸勤番の門弟らが秋には戻ってきます。そのときまでいてくだされればよいと考えていたのですが……」

津田は、しかたありませんな、とため息混じりに言った。

「正直なことを申せば、いろいろと教わることがありためになりました。この四月は決して無駄ではありませんでした」

「無理にお引き止めした手前、そう言っていただけると安心致します」

「居合いはわたしも嗜《たしな》みがありましたが、こちらの道場に来てその腕を磨くことができたと思っています。さらに杖術《じょうじゅつ》。これは、木村さんにずいぶん揉《も》んでいただきました」

「木村が申していました。山本殿の呑《の》み込みの早さには舌を巻くと。それにあっという間に、自分に追いつかれたと言っております」

「教え方がお上手なのです」

「それでいつお発《た》ちになるおつもりで……」

「明日は門弟らの稽古《けいこ》を見ようと思いますが、明後日には出立するつもりです」

「残念ですが、廻国《かいこく》修行中の方をこれ以上引き止めるわけにもいきませんな」

津田はそう言って、しばらく大河を眺めた。

「じつはわたしは千葉周作殿に、教えを請おうと思ったことがあるのです。天真伝一刀流の祖である寺田《てらだ》宗有《むねあり》先生は、若かりし頃江戸で修行されています。中西《なかにし》道場と申しますが、ご存じでしょうか？」

「むろん」

「その道場で先生は師範代を務められました。その頃、千葉周作殿と何度か立ち合われています。千葉周作殿は先生の剣を百年に一人の名人と讃《たた》えられたそうですが、先生は千葉周作の右に出る者はいないとおっしゃったそうです。先生は中西道場の三羽烏の筆頭だと言われていましたが、そんな人が周作殿にはかなわないとおっしゃったのです。ならばわたしも千葉道場にと思ったことがあります」

「なぜ、門をたたかれなかったのです？」

「先生の弟子に白井亨《しらいとおる》という方がいます。その人こそがわたしの師なのです。わたしは白井先生の許《もと》で修行していたので、すぐに離れることができなかったのです。結句、高崎に居つづけることになりました。江戸では竹刀剣術が流行《はや》っていると耳にしていましたが、山本殿と立ち合って侮れないと思い知りました」

「いや、組太刀中心の鍛錬は実戦向きだと思い知りました。やはり、道具を着けての竹刀剣術は甘いと思います。わたしもこれから組太刀を多く取り入れ、型稽古に磨きをかけなければならぬと肝に銘じています」

「そう言っていただけると嬉《うれ》しゅうございます。当道場からも天下に名を轟《とどろ》かせるような者が出てくるのを願っていますが、これは傑物だという者はなかなか出てきません」

「いずれあらわれると思いますよ」

「そう願いたいものです」

津田は自嘲《じちょう》の笑みを浮かべ、

「あ、これはいかぬ。茶も出さずにいましたな」

と、台所のほうを見て手をたたこうとした。

「いや、おかまいなく」

大河はすぐに遮って、

「向後のことをいろいろ練らなければなりません。とにかく明後日には出立しますので、そうお心得おきくださいませ」

と、言って辞去した。

与えられた離れに戻ると、身のまわりの持ち物を見た。振分荷物と大小、そして袋に入った竹刀と木刀のみである。

ときどき、留に会うために倉賀野へ行こうかと思うことがあったが、すんでのところで堪《こら》えていた。もう一度会えば、ずるずると欲に負けそうな気がしたからだ。

降りつづいていた雨は翌日にはやみ、出立の朝には青空が広がっていた。

再び武者修行の旅に出る大河を、津田以下の門弟らが見送ってくれた。その折に津田は路銀の足しにしてくれと餞別《せんべつ》まで手わたしてきた。

大河はありがたく頂戴《ちょうだい》し、そのまま高崎宿をあとにし、烏川をわたった。

遠くに妙義山や榛名山《はるなさん》が霞《かす》んでいる。目を転じれば、峨々《がが》とした八ヶ岳《やつがたけ》の峰々が行く手を塞《ふさ》ぐように横たわっていた。

大河はその日のうちに難所と聞いている、碓氷峠《うすいとうげ》の下にある坂本宿《さかもと》まで行こうと決めていた。急がずとも夕刻には着けるはずだ。

三

大河は板鼻《いたはな》に着いたところで茶屋に立ち寄り一休みした。

碓氷川と烏川の交わる宿場で、碓氷川には長さ三十五間、幅七尺五寸の橋が架けられていた。

瀬音が聞こえ、冷涼な風が汗ばんだ肌に心地よかった。

道行く人々を眺めるが、継立ての馬引きと荷物を担いだ人足、菰《こも》を担いだ百姓の他、数組の旅人を見るだけだった。

「どちらからおいでですか?」

隣の床几《しょうぎ》に座っている年寄りが話しかけてきた。そばには女房とおぼしき女がいた。

「江戸です」

「ほう、江戸から、それはわざわざ……」

年寄りはふうと茶を吹いてからまた、大河を見た。

「立派なお体ですね。どちらまでおいででしょう？」

「京まで行くつもりだ。武者修行の旅をしているのだ」

「それはまたご苦労なことです」

年寄りはそう言ってから、自分は熊谷の住人で、善光寺《ぜんこうじ》に詣《まい》っての帰りだと話した。約半月の旅で、さすが老体には応《こた》えたが、今生の別れの土産になったと頬をゆるめる。どうやら話し好きのようだ。

「おれも熊谷では世話になったが、仕事は何をしておられる？」

「米問屋をやっておりますが、倅《せがれ》に譲りまして、思い立っての善光寺詣りでした。女房には少しきつかったようですが、おかげさまで無事に戻ることができます」

「熊谷まではまだ遠い。気をつけて帰られよ。では、先を急ぐゆえ……」

大河は老夫婦に軽く会釈をして茶屋を離れた。

宿往還は短く、すぐに山道になった。狭い道のそばに切り立った崖《がけ》があり、この先の険しさを知らしめているようだった。

周囲は蟬時雨《しぐれ》に満ち、深緑が日の光を照り返しながら陰影を作っている。

道はなだらかな坂道になったり、曲がったりを繰り返した。

安中宿《あんなか》に着いたのは、四つ（午前十時）頃であっただろうか。里程を稼ぐためにつぎの松井田宿《まついだ》まで足を延ばそうと考えたが、茶屋の女に聞くと、松井田宿へは二里と十町以上はあると言う。その間に飯屋や茶屋はないらしい。

では早飯にしようと、宿中にある飯屋で早い中食を取り、ついでににぎり飯を作ってもらい、再び中山道を上った。

杉並木を過ぎると、また閑寂とした道になる。人の往来は少なく、野畑ではたらく百姓の姿を時折見かけるだけだ。

半刻《はんとき》ほど行ったところで山伏の一行に出会った。鈴懸に結い袈裟《げさ》をかけ、笈《おい》を背負い錫杖《しゃくじょう》を鳴らしてやってくる。兜巾《ときん》は暑いからか脱いでいた。

一行の足取りは軽く、見る間に近づいてきた。修験の僧であろうが、何とも目つきがよくない。それに剣呑《けんのん》な空気を身にまとっている。

「待たれよ」

呼び止められたのは、擦れ違う寸前だった。

大河が立ち止まると、山伏はにらむように見てくる。五人の修験僧だ。

「何用でござろう」

「どこへまいられる？」

権高な物言いだった。

どこへ行こうが勝手だろうと言葉を返しそうになったが、

「京を目指している」

と、答えた。

声をかけてきた山伏は、ゲジゲジ眉《まゆ》の下にある大きなギョロ目を動かして、仲間を一度見てから大河に視線を戻した。

「松井田宿を通られるか？」

「そのつもりだ」

「ならば気をつけられよ。あの宿場には悪党が巣くっている。迷惑な破落戸《ごろつき》どもだ。関わらぬほうが身のためでござる」

「それは親切なご忠告、痛み入ります」

ゲジゲジ眉の山伏はしげしげと大河を眺め、

「ただの旅ではないとお見受けいたすが……」

「武者修行の旅でござる」

「ほう、するといずこからまいられた？」

「江戸からまいった」

「それはご苦労なことでございまする」

「松井田宿に悪党がいるとおっしゃったが、そやつらは何か悪さをしているのだろうか？」

「宿場で賭場《とば》を開き、宿場女郎をいたぶっている。さらに商家に脅しをかけ、金を強請《ゆす》り取っている。さような話を聞いた。身共らの関わることではないので、そのまま通り過ぎてきたが、立ち寄られるのなら用心されるがよかろう」

「傍《はた》迷惑な悪党ではありませんか」

「いかにも。宿場から去っていればよいでしょうが……。では、これにて」

山伏は会釈をすると、さっと身を翻して立ち去った。歩くたびに鳴る錫杖が次第に遠ざかり、一行の姿が杉林の陰に入って見えなくなった。

大河は中天にある日を振り仰いでから再び歩きはじめた。

山伏に言われたことが気になったが、歩き進むうちに津田道場で繰り返し行った組太刀の成果をどこかで試したいと思うようになっていた。

道具を着けての竹刀剣術と、津田道場で行われている稽古《けいこ》はあきらかに違った。

大河は当主の津田と師範代の木村を負かしはしたが、得るものは多かった。もっとも津田道場の門弟も、大河の教えをずいぶんありがたがった。

教えたことは単純だった。足の送り方と、腰の据え方である。

その基本が整わないと、強い打突も俊敏さも身につかないからだ。門弟はその教えを素直に聞いた。

それは大河の持つ峻烈《しゅんれつ》な一撃と、素速い身のこなしに舌を巻いたからであった。

しかし、津田道場での組太刀は面白かった。

打ち込みをする打立ちも、受け手の仕立ちも遠慮がなかった。白熱した稽古は、ひとつ誤れば大怪我につながる。

道具を着けての剣術とは大きな違いがあったが、津田道場の門弟は技量が浅いながらその稽古をつづけている。真剣を使っての立ち合いなら、津田道場の門弟はかなり強いのではないかと思われた。

大河は里程を稼ぎながらそんなことを反芻《はんすう》していた。

途中、眺めのよい水場のあるところで、にぎり飯を頰張って小腹を満たすとまた歩きはじめた。

いつしか道は松井田宿に近づいていた。正面に見えるのが、

（妙義山か……）

と、胸のうちでつぶやいたときに道標《みちしるべ》があった。松井田宿は坂道を下った先だ。その坂の途中から宿場が少しずつ見えてきた。

四

松井田宿は小さな宿場だった。町並みは十町もないだろう。

大河が真っ先に目をつけたのは、飯屋だった。途中でにぎり飯は食べたが、大食漢の大河には十分ではなかった。

往還に人の通りはまばらである。途中で出会った山伏に、この宿場に悪党がいるから関わるなと忠告されていたが、眺めたところ宿場内は平穏である。

問屋場の近くにある飯屋に入ると、入れ込みの隅に六人の男たちがたむろしていた。百姓にも職人にも見えない。

股引半纏《ももひきはんてん》の者もいれば、着流しの胸元を大きく広げている者もいる。揃って総髪で、無精髭《ぶしょうひげ》を生やしている。

店に入ってきた大河を一瞥《いちべつ》すると、人をいたぶるような笑みを浮かべ、自分たちの話に戻った。

大河が土間席に腰を据えると、店の女がすぐにやってきたが、どこかおどおどしている。大河は男たちを見てから、煮物と飯を注文した。

「漬物もつけますね」

注文を聞いた三十半ばの年増女が、問うてきた。大河はつけてくれと応じた。

大河が茶を飲もうとしたとき、男たちのなかから大きな声が上がった。

「ほい来た、上がりはいただきだ。ガハハハ」

そっちを見ると、花札をやっていると知れた。金を賭《か》けているようだ。

「もうやめにするか？」

ひとりが言えば、

「おかみ、酒を持ってこい」

と、板場に声をかけた。

さっきの年増女が「ヘイ」と答えたが、男たちを怖れているのがわかった。山伏の言った男たちは、こやつらかと大河はちらりと見やる。

なるほど在の破落戸に相違ない。年は下が二十歳ぐらいで、上は三十歳ぐらいに見える。それぞれに長脇差《わきざし》を持っている。

注文の飯が運ばれてくると、大河は早速箸《はし》をつけた。男たちは相変わらずうるさい。下卑た声で笑い、店のおかみに肴《さかな》を注文する。そのときもからかいの声をかけて笑いあう。

　静かに飯を食べている大河は、うるさい野郎たちだと腹のなかで毒づきながら味《み》噌《そ》汁《しる》をすすって、食事を終えた。

「おかみ、勘定だ」

　大河が板場のそばにいるおかみに声をかけたとき、男のひとりが、

「旅のお侍、どこまで行かれる？」

　と、聞いてきた。

「どこへ行こうがおれの勝手だ」

　静かに飯を食うことができなかったので、少し腹が立っていた。おかみがやってきて三十文だと勘定を口にした。

　大河は振分荷物から百文緡《ざし》を取り、十文の色をつけてわたした。

「おい、侍。どこへ行くんだと聞いてるのに、その返事はねえだろう」

　大河は相手にしたくないので、口の端に小さな笑みを浮かべただけで、振分荷物を引き寄せた。

「お侍の兄さん、ずいぶん気前がいいじゃねえか」

別の男だった。

もう六人全員が大河を見ていた。

「おれの仲間がどこへ行くんだと聞いてんだ。行き先ぐらい教えたって減るもんじゃねえだろう」

「おまえたちに教えても詮《せん》無いことだ。さっきから騒がしいが、他の客の迷惑だろう。少しはわきまえろ」

「他の客がどこにいる。お侍だけじゃねえか」

「ま、もうよい。おかみ、馳走《ちそう》になった」

大河はそのまま飯屋を出た。

「おい、侍。待ちやがれッ」

往還に出てすぐ背後から声をかけられた。

大河はゆっくり振り返った。

声をかけてきたのは、ギョロ目の男だ。棒縞《ぼうじま》の着流しの片肌を脱いで近寄ってくる。他の仲間もぞろぞろと飯屋から出てきた。

「何か用か？」

「おおありだ。旅の侍だからって嘗《な》められちゃかなわねえ。よくもでけえ口をたたきやがったな」

大河は黙したまま男たちを眺めた。六人全員が剣呑《けんのん》な目つきをしており喧嘩腰《けんかごし》だ。長脇差の柄《つか》に手をやり、いまにも抜きそうな者もいる。

「この宿場を荒らしている破落戸《ごろつき》とは、きさまらのことのようだな」

「なにッ」

ギョロ目がさらに目を見開いた。

「他人の迷惑になるばかりでなく、弱い者いじめをして金を強請《ゆす》り取っていると聞いた。それは外道のやることだ。おれに喧嘩など売らずに、頭を冷やしてまっとうな道を歩け。さもなくばいずれ痛い目にあうだろう」

「何を小癪《こしやく》なことを。おい、その腰の刀は竹光じゃねえのか。粋《いき》がりゃおれたちが引っ込むとでも思ってんのか」

「引っ込んでくれ。さもなくば怪我をすることになる」

「ははんだ！　今度は引っ込んでくれだとよ。馬鹿にしてやがる。やっちまえ！」

赤い団子鼻が諸肌《もろはだ》を脱いで仲間にけしかけた。

六人は一斉に刀や匕首《あいくち》を抜き払った。

大河は数歩下がって、足許《あしもと》に振り分け荷物を置き、そして竹刀袋を置いた。木刀

の入った袋だけを手にして、

「どうしてもやりたけりゃ相手をしてやる。どこからでも来やがれッ」

木刀を袋から取り出し、袋を帯に挟んだ。

「おりゃあー！」

最初に斬り込んできたのは鶴のように痩《や》せた背の高い男だった。

カーン。

刀を撥《は》ね上げると、つぎの瞬間、相手の鳩尾《みぞおち》に遠慮のない突きを見舞った。

「うっ」

鶴のような男は、小さなうめきを漏らしただけで体を二つに折って動かなくなった。

仲間がそれを見て一瞬体を固めた。

「たあーッ！」

大河が大音声を発すると、男たちは一歩あとに下がった。

通行人が立ち止まり、あちこちの商家から人の顔がのぞいていた。大河の大声が聞こえたのか、二階の窓から顔を突き出した者もいた。

「どうした、もうやめるか。そのほうが利口だぞ」

大河が忠告すると、

「嘗めるなッ！」

肩幅が広く、もじゃもじゃのひげ面が斬りかかってきた。大河はさっとかわすなり、胴を打ち抜いた。

「うごっ……」

肋《あばら》の二、三本は折れたはずだ。ひげ面はそのままうつ伏せに倒れて動かなくなった。

「やれ、やるんだ」

蝦蟇《がま》のようにゴツゴツした顔の男が匕首を振って仲間をけしかけた。

ギョロ目が右から斬りかかってきた。同時に背後から小男が匕首を振ってきた。

大河はギョロ目の刀の棟を強く打ち落とし、背後からきた小男の腕をつかんで投げ飛ばした。投げられた小男は、米屋の前にある天水桶《てんすいおけ》に頭を突っ込んで足をバタバタさせ、仰向けにひっくり返り、白目を剝《む》いて気絶した。

その間に大河はギョロ目の弁慶《べんけい》の泣き所を強烈にたたいた。骨が折れたか罅《ひび》が入ったはずだ。ギョロ目はみっともない悲鳴を上げて転げまわった。

残ったのは蝦蟇面と赤い団子鼻の男二人だ。

「お侍、思いっきりとっちめておくんなさい！」

旅籠《はたご》の二階から女が声をかけてきた。

「ああ、遠慮なんかすることたァないですよ。そいつらうちの酒代を踏み倒したんです」

そんな声があれば、また別の声が飛んでくる。

「そいつらうちの嬶《かかぁ》から金を巻き上げたとんでもない破落戸です。殺してもかまわないですよ！」

つぎつぎと男たちに罵詈《ばり》雑言《ぞうごん》が浴びせられ、大河に成敗してくれという声援が飛んでくる。

赤い団子鼻がじりじりと間合いを詰めてくる。匕首を閃《ひらめ》かせている蝦蟇面は横から斬りかかろうとまわり込んでいる。

大河はだらりと木刀を下げて、斬り込んでくる瞬間を待った。雲が日の光を遮り、影が消えた。蟬の声はかしましいが、その瞬間だけは宿場内がしーんと静まっていた。

「死にやがれッ！」

赤い団子鼻が大上段から刀を振り下ろしてきた。瞬間、大河は懐に飛び込むなり木刀の柄で、相手の顎《あご》を打ち砕いた。

赤い団子鼻は悲鳴を漏らすこともできずに、口から血の筋を引きながら、どおと大の字に倒れた。

その間に、大河はすでに動いており、匕首を閃かせた蝦蟇面の腕をたたきつけ、さらに背中にも一撃を浴びせた。

「ふう」

大河が短く息を吐いたとき、まわりには六人の男たちがうめきながら倒れていた。

それを見届けた宿場の者たちから喚声が上がった。

「宿役人、この男たちはこの宿場を荒らした悪党のようだ。後ろ手に縛りつけて代官所なり奉行所に連れて行け」

大河が声をかけると、そうだそうだと、近所の者たちがやってきて、六人の男たちをあっという間に縛り上げ、男たちを運ぶ大八まで持ってきた。

その後、大河は問屋場で宿役人たちから茶や菓子のもてなしを受け、破落戸たちの悪行を散々聞かされた。

書役が被害を蒙《こうむ》った商家の者たちから話を聞いて、それをまとめると、宿役人三人と本陣の主《あるじ》以下数人が縛りつけた男たちを大八に乗せて、近くの代官所へ運んでいった。

大河はそれを見届けてから松井田宿に背を向け、つぎなる坂本宿に足を向けた。日は西にまわり込んでいるが、日の暮れ前には坂本宿に着けそうだった。

周囲の山々から蟬の声のわき立つ往還は、次第に上り坂が多くなった。旅の疲れを癒《い》やすのは、間近に見えるようになった妙義山だ。

(今夜はゆっくり湯に浸かりたい)

大河は足を急がせた。

五

長兄奇蘇太郎の死で玄武館当主を引き継いだ千葉道三郎は、その日、鍛冶橋にある定吉の道場を訪れていた。

すでに江戸は秋になっており、お城の長塀にのぞく欅《けやき》や楓《かえで》が赤や黄に色づいていた。

「少しは落ち着いてきたか」

母屋の座敷で向かい合うなり、重太郎が聞いてきた。

「やっとどうにかというところでしょうか……」

「気にしておった師範代のほうはどうなった？」

重太郎は茶を飲んでから聞いた。

「やりくりしております」

「やりくりとは……」

重太郎は怪訝《けげん》な顔をする。

「江戸参府中で腕の立つ門弟を選び、師範代に立てています。その門弟が国許《くにもと》に帰れば、新たに参勤できた門弟に引き継がせるという按配《あんばい》です」

「いろいろと苦労をするな」

「もう慣れてきました。これまで黙っていましたが……」

道三郎は畏《かし》まって重太郎を見た。子供の頃から可愛がってくれた従兄《いとこ》である。隠し事はできないと思いながらも、これまで言い出せなかったことがあった。

「いかがした？」

「はい、じつは大河をお玉ヶ池にもらい受け師範代に立てようと考えていたのです。そのことは叶《かな》わなくなりましたが、重太郎さんにはずっと黙ったままでした」

正直なことを口にすると、重太郎はワハハと、大笑した。

「そんなことであったか。何をいまさら、おまえの胸のうちはとうにわかっておったわい。大河に力を入れているのも知っていたし、馬が合うのもわかっていた。ははあ、こやついずれ大河をお玉ヶ池に連れて行くつもりだなと気づいておった」

「これはお恥ずかしい」

道三郎は盆の窪《くぼ》をかいて苦笑いし、

「黙っていたこと、一度謝らなければならぬと気に病んでいたのです」

と、付け加えた。

「気にすることではない」

「そう言っていただけて、気が楽になりました」

「何をいうか従兄弟《いとこ》同士だ。おまえの腹の内ぐらい読めないでか。それより面白い男が入ったと耳にしたが……」

重太郎は笑みを引っ込めて、道三郎を見た。

「山岡鉄太郎《やまおかてつたろう》のことでしょうか……」

山岡鉄太郎――のちに「鉄舟《てつしゅう》」と呼ばれる男である。

「そういう名だった」

「なかなかの力量です。体も大きく、大河とはまたひと味違った面白みのある男です」

「違った面白み……」

「飛騨《ひだ》高山《たかやま》という山奥で長らく過ごしてきたのに、なかなか学のある男です。親の躾《しつけ》がよかったのでしょうが、書に秀でており一楽斎《いちらくさい》という号もあります。講武場ができたのはご存じでしょうが、そこへ招かれてもいます」

「講武場へ……そんな男が、またなぜ玄武館へ……」

もっともな疑問であろう。

「山岡は飛騨高山で井上八郎《いのうえはちろう》さんの教えを受けているのです。もっと剣技を極めたいと当人は申していますす」

「なに、井上さんの……そうであったか」

井上八郎は千葉周作に師事した古い門弟で、嘉永《かえい》四年に飛騨郡代《ぐんだい》に招かれ飛騨高山に移住していた。

「その井上さんが講武場の剣術師範役並になられ、山岡はそのつてで講武場にて剣術を学んでいますが、うちの道場に来たのは井上さんの勧めがあったからのようです」

「そうであったか。しかし、懐かしい名前を聞いた。それにしても講武場からの話は来ないな。父上にもないが、そのほうにはあったか？」

「いえ、ありませぬ」

「男谷精一郎《おだにせいいちろう》さんはすでに頭取に補されていると聞くが……」

「講武場創立の建議は男谷さんから出たと聞いていますから、無理もないことでしょう」

この当時の講武場は、浜御殿《はまごてん》の南側に作られた操練場で、新たな施設として築地《つきじ》に建造中であった。

「父上や周作伯父《おじ》にお伺いがあってもおかしくはないと思うのだが……」

「父上も叔父《おじ》上も、お歳だからでしょう。それより、重太郎さんにあって不思議はありません」

「おれは話があっても断る。おのれの道場で手いっぱいだからな。そういうことなら栄次郎に話が行って然るべきであろう」

「栄次郎兄は偏屈なところがあります。話があっても断るでしょう」

「さもありなん」

「それはともあれ、大河から連絡はありませんか？」

これは知りたいことだった。だが、重太郎は腕を組んで、

「何もない。どこで何をしておるのかさえわからぬ。あやつのことだから、道を踏み外しておらねばよいがと心配しているのだ」

と、首を振って小さく嘆息した。

道三郎が重太郎の家を辞去したのは、それから間もなくのことだった。

町を歩いていると秋の深まりを感じる。衣替えをして袷《あわせ》を着込んでいる者がいれば、商家の暖簾《のれん》も秋めいた紅葉色や茜色《あかねいろ》に変えられてもいた。

そう言えば神田祭《かんだまつり》が近いのだと、町のところどころに出された山車《だし》の手入れをしている者たちを見て気づいた。

お玉ヶ池の道場に近づいたところで、大きな気合いが聞こえてきた。

道三郎が玄関に入ると、山岡鉄太郎が組太刀の稽古《けいこ》をしているのだった。

普段は物静かな男だが、いざ稽古となると大音声の気合いを発し、力強く竹刀を振る。

背が高い。大河も上背があるが、それより三寸いや四寸は高いかもしれない。

「おりゃあ！」

山岡が打ち込まれた一撃を払い落として、小手から面に打ち込んで、静かに下がった。

そこでひと稽古を終えたらしく、両者は下がって一礼をした。

道具を着けない組太刀稽古なので、山岡も相手をしていた門弟も顔中に汗を噴き出していた。

「これは先生……」

壁際に下がって座った山岡が道三郎に気づいて顔を向けてきた。

「もう稽古は終わりか？」

山岡は道三郎より一歳下である。広い額に浮かぶ汗を手拭《てぬぐ》いで押さえ、

「いえ、まだこれからです。先生にお相手願いとうございますが……」

と、目を輝かして見てくる。

「よかろう。着替えをしてくるのでしばし待て」

道三郎はそう答えて、母屋で稽古着に着替え、すぐに道場に戻った。

二十数人の門弟が稽古をしていたが、道三郎が姿をあらわすと、全員が一旦稽古を中断して見てきた。

「休むな。つづけるのだ」

道三郎はそう言ってから、立ち上がった山岡のそばに行って竹刀を構えた。

両者道具を着けての打ち込み稽古である。

「よし、どこからでも打ってこい」

道三郎が声をかけると、

「おりゃあ！」

と、山岡が声を張った。

六尺以上はあろうかという巨漢である。道三郎は目の前に大きな岩がそそり立ったような錯覚を覚える。

「さあっ！」

道三郎が気合いを発すると同時に、山岡が打ってきた。面を狙っての一撃だったが、道三郎は出端技を使って小手を打ち、そのまま面を打った。

山岡は峻烈《しゅんれつ》な早技に、一瞬、ぽかんとして竹刀を構え直した。

「まだまだッ！」

道三郎は休まずかかってくるように催促する。

六

「やあーッ！」

気合い一閃《いっせん》、大河の一撃が遠藤磯太郎《えんどういそたろう》の面を捉《とら》えた。

磯太郎はそのまま後ろに倒れ込んで起き上がろうとしたが、

「それまで」

と、検分役の五平太《ごへいた》が静かに制止の声を漏らした。

「大丈夫でござるか？」

大河は卒倒した磯太郎を心配したが、負けん気が強いらしく、

「何のこれしき」

と、奥歯を噛《か》んで立ち上がろうとしたところで、ふらふらっと体を揺らし、床に片手をついてしまった。

「山本殿、そなたは若いのに、そこまでの技量があるとは天晴《あっぱ》れだ。今日はこの辺にして、いろいろと話を聞かせてもらえぬか」

見所に座る五平太は大河をまっすぐ見て言った。

大河は逡巡《しゅんじゅん》した。中山道を旅してきたが、これだという剣客に出会うことはなかった。熊谷宿では意趣返しの闇討ちをかけられ、危うく殺されそうになったが、その後は高崎宿の津田道場で組太刀の重要性を知った。

しかし、その後骨のある剣士はいなかった。

追分《おいわけ》宿では無双天下の剣を持つと自負した小田市右衛門《おだいちえもん》を、一撃のもと粉砕し、和田《わだ》宿では双子の兄弟と対戦し、いずれも体に竹刀を触れさせることなく敗った。下諏訪《しもすわ》宿でも五人の剣術家と試合をしたが、一度も負けることがなかった。

せっかくの修行の旅なのに、なかなか骨のある剣術家はあらわれない。藪原《やぶはら》宿で木曾福島《きそふくしま》に凄腕《すごうで》の剣客がいると耳にした。

それがいま目の前にいる遠藤五平太だった。長旅の末にやっと、やり甲斐《がい》のある相手に会えたと、心を弾ませた。

だが、五平太は立ち合いにはすぐに応じず、息子の磯太郎と戦わせた。おそらく自分の腕を見るためにそうさせたのだというのは、大河にもわかっていた。

だから、磯太郎を負かしたいまは、つぎなる相手は五平太だった。当然そうなるものと決め込んでいたが、五平太は今日はここまでにしようと言う。

「何か不服でござろうか？　勝負を急ぐことはないでしょう。まあ、旅の疲れをゆっくり癒《い》やして、それからにいたしましょう。ささ、母屋のほうへ」

五平太の物腰の柔らかさと、人を包み込む口調で、気負い込んでいた大河の気勢は削《そ》がれた。

「では、お言葉に甘えまして……」

大河は案内に立つ五平太のあとに従った。

母屋は道場から少し離れたところにあった。

周囲を山に囲まれた閑静な場所だ。

五平太は趣味人らしく、庭を自分で造っていた。

池のまわりに飛び石が配され、楓《かえで》・松・椿・蘇鉄《そてつ》・躑躅《つつじ》が植えられ、灯籠《とうろう》がひとつ。地面は青苔《せいたい》で覆われていた。

大河がその素晴らしさを口にすると、

「小堀遠州《こぼりえんしゅう》の物真似で、お恥ずかしいかぎりです」

と、五平太は謙遜《けんそん》する。

案内された座敷は縁なしの琉球《りゅうきゅう》畳で、障子は上半分が明障子となっており、床の間には一幅の軸が掛けられていた。

「落ち着くところですね」

素直に感じたことを口にすると、五平太は小さく微笑んだ。

「そう言っていただけると何より嬉《うれ》しいものです。ところで、もう日が暮れます」

五平太は庭に目を転じた。周囲の木立から漏れ差す夕暮れの光が、見事に紅葉している楓を浮き立たせていた。

「酒でも召しあがりますか。それともいけない口ですか?」

「いえ」

「では、酒の支度をさせましょう。そのほうが話が弾むでしょう。今夜は遠慮なくこちらへお泊まりください。それとも宿をお取りかな?」

「いえ、まだ取っておりません」

「ならば、心置きなくゆるりとお過ごしください」

五平太は手をたたいて女中を呼び、酒の支度を命じた。

酒肴《しゅこう》が運ばれてくるまで、五平太は江戸からどんな旅をして来たかを訊《たず》ねた。大河が大まかな話をすると、五平太は高崎の津田道場に長逗留《とうりゅう》したことへ関心を示した。

「高崎ではどのようなことを……」

五平太が問うたとき、酒肴が運ばれてきた。

膳《ぜん》が調うと、長男の磯太郎も同席して小さな宴《うたげ》となった。膳部《ぜんぶ》には南瓜《カボチャ》や銀杏《ぎんなん》、松茸《まったけ》などの煮物と、小鮒《こぶな》の煮付けが載っていた。

「改めて組太刀の大切さを知り、その鍛錬をやってまいりました」

「千葉道場でも組太刀はやっておられるでしょうに」

「いえ、津田道場は道具を使いません。いわゆる実戦に即した稽古《けいこ》を積んでいます」

「師範は津田角蔵とおっしゃいましたな。おそらく師は白井亨殿でしょう。高崎は御前のお指図で一刀流が奨励されています。いっとき、廃れたようですが、津田殿が白井殿の後を引き継がれているのでしょう。白井亨という名に覚えはございますか？」

「聞いたことはありますが、詳しいことは知りませぬ」

大河は正直に答える。

いつしか表が暗くなったので、磯太郎が燭台《しょくだい》と行灯《あんどん》に火をともした。

「白井殿は中西道場におられました。そなたの師である周作殿も同じ頃にいらっしゃったはずです。わたしは周作殿が去られたあとで、中西道場に入りましたが、その頃には高柳又四郎《たかやなぎまたしろう》殿や浅利又七郎《あさりまたしちろう》様もいらっしゃった」

大河は片眉《かたまゆ》を動かして、穏やかな表情で語る五平太を見た。高柳又四郎のことはいまでも忘れてはいない。それに五平太は浅利又七郎だけに「様」付けをした。

浅利又七郎の養女は周作の妻である。

「遠藤さんは、中西道場のどなたに師事なさっていらっしゃいました？」

「わたしは浅利又七郎様の弟子になりました」

そういうことで「様」付けなのだと、大河は納得したあとで、

「じつは、わたしは高柳又四郎さんと立ち合ったことがあります」

と、言った。とたん、五平太の目が見開かれた。

「いかがでした？」

「強い方です。敵を寄せつけない技を見せつけられました。しかし、ご酒が過ぎていらっしゃいまして……」

「そなたが勝ったと？」

大河がうなずくと、五平太は「うむ」と小さくうなり、酒を口に運んだ。

「じつはわたしはそなたの師である周作殿と親しくしておりました。立ち合ったことも何度かあります」

今度は大河が眉を動かして目をみはった。

「まあ、長い付き合いではありませんでしたが、先見の明のある御仁でした。もう三十年ほど昔のことでしょうか。あの頃はわたしも若《わこ》うございましたから、楽しい思い出です」

頬をゆるめる五平太は、四十八歳であった。相応のしわとしみが肌にある。

「言葉数が足りませんでした。わたしは周作先生の指導は受けていないのです。弟

の定吉先生の道場で修行してきました。いまも鍛冶橋にある道場の者です」

「さようでしたか。千葉道場が栄えている話は、この田舎にも聞こえています。それで周作殿はお達者ですか？」

「水戸家に抱えられ、いまは水戸の弘道館で剣術指南をされています。住まいも水戸に移されていて、二代宗家はご長男の奇蘇太郎様が継いでおられます」

「さようでしたか。いやはやさような話を聞きますと、世間から遅れを取っているのをつくづく感じます」

「遠藤さんは、周作先生の他に千葉一門と試合をやられたことはありますか？」

五平太は煮物を口に入れて咀嚼《そしやく》し、酒を一口飲んだ。磯太郎はさっきから静かに飲み食いをしており、部屋のなかはいたって静かだった。

「この地には毎年馬市が開かれます。その折、山本殿と同じように廻国《かいこく》修行の剣術家が集まり、試合が行われます。もうずいぶん前ですが、稲垣定之助《いながきさだのすけ》さんが見えられました」

かつての玄武館四天王の一人だ。

「先にもあとにもその試合で、負けたのは稲垣さんのみです。片手突きにしてやられました。お会いになったことはありますか？」

「いえ、わたしが入門したときはもういらっしゃいませんでした」

「なかなかの達人です。それにしても千葉道場の方とこうやってお話ができ、今夜は楽しい。磯太郎、おまえも何か聞きたいことがあれば、山本殿に聞きなさい。歳も同じぐらいではありませんか。磯太郎は二十一ですが……」

「ならば同年です」

大河は磯太郎を見た。磯太郎は負けた悔しさがあるのか、少し顔をうつむけた。どうやら父親と違い寡黙な男のようだ。

「もう少しお飲みになりますか？」

「いえ、もう結構です」

大河が断ったので、しばらくしてその宴はお開きとなった。

その夜あてがわれた部屋で横になった大河は、しまったと、胸のうちでつぶやいた。

五平太との試合を取り付けるのを忘れていた。

（まあ、明日でもよいか）

胸のうちでつぶやき目をつむると、そのまま深い眠りに落ちた。

七

遠藤五平太は福島宿にある関所の番人を務めていた。三日に一度休みがあり、大河がやって来たのは丁度非番の日だったのだ。

翌朝早く、五平太は関所に出かけたので、大河は試合の申し出を言うきっかけをなくしていた。道場は自由に使ってよいと言われていたので、磯太郎相手に稽古をした。

「山本殿、何故にそんなに力があります？　いや、体が大きいこともありましょうが、払われたり撥《は》ね上げられたりするとき、わたしの竹刀は大きく返されます」

「素振りのおかげだ。幼いときからこの木刀を振りつづけていたからだろう」

大河がその木刀をわたすと、「重い」と、一言言って目をまるくした。

「こんな重いものを幼いときから……」

「されど、重いものだけを振っていては速さは身につかない。重いものを振って足腰を鍛え、軽いもので素速く振ることを身につけるのだ。さすれば、自ずと振りが速くなる」

「そういうものですか……」

「毎日、根気よくつづけていけば身につく。そなたもやられるとよい」

稽古に付き合う磯太郎は寡黙な男だったが、次第に気持ちをほぐしたらしく、口数が多くなった。高崎の津田道場で身につけた組太刀の相手にもなってくれた。

「そういえば、そなたの父上が毎年馬市があり、その折に廻国修行の剣術家が来て試合が行われると聞いたが、それはいつのことだろう？」

もし、近いうちにその馬市があるなら、自分も試合に出たいと思った。

「毎年、夏です。今年はもう終わったので、来年までありません。ここの土地で〝お毛づけ〟と呼ぶのがその馬市です」

「今年は骨のある剣術家が来ただろうか？」

磯太郎は首を振った。

「威勢だけよくて実際に立ち合うと、口ほどにもない者ばかりでした」

「そうか、来年か……」

大河は道場の天井を見てつぶやく。

来年までここにいるわけにもいかないし、また戻ってこられるかどうかもわからない。

五平太が仕事から戻ってくると、大河は立ち合いを願いたいと申し出たが、

「しばしお待ちくだされ」

と、言われた。

結局、立ち合いはずるずると日延べされた。大河は自分に負けるのがいやで、立ち合いを嫌っているのではないかと不審感を募らせたが、

「まあ。ゆるりとしてくだされ」

と、かわされる。

五平太の人柄なのか、どうにも強引に立ち合いを望むことができず、大河は言葉に甘えて木曾福島で約半月ほど過ごした。

昼間は稽古《けいこ》をし、磯太郎が望めば相手をし、また通ってくる門弟にも稽古をつけた。

門弟の数は多くなかった。そのほとんどが関所詰めの番人か代官屋敷に仕えている者たちだった。なかには商家の子供もいたが、それはごくかぎられた人数であった。

住めば都と言うように、木曾福島は山間の小さな宿場町であるが、穏やかな気風があり、他の田舎と一味違う心地よさがあった。

見晴らしのよい高台に行けば、西に御嶽山《おんたけさん》、東には木曾駒ヶ岳《きそこまがたけ》を望むことができた。

ただ、寒暖の差が激しく、夜になれば急激に空気が冷え込み、朝に使う水の冷たさと風の冷たさは身をふるわせるほどだった。

そんな日々のなか、大食漢の大河の気に入った漬物があった。

それは「すんき」という漬物で、赤かぶの茎葉を塩を使わずに発酵させたもので、その酸っぱさを一度味わうと癖になる。大河は食事を作ってくれる、五平太の妻に遠慮なく所望した。

また五平太の妻は、大河を気に入ったのか、稽古から帰ってくると、

「おやつにどうぞ。作り立てです」

と言って再三、栗子餅《もち》を出してくれた。

これは餅を栗餡《くりあん》でくるんだ菓子で美味である。

しかし、いつまでも遠藤家の親切に甘んじているわけにはいかない。それにこれから寒さは厳しくなる。冬になれば宿場は雪で閉ざされるとも聞く。その前に五平太と勝負をして京を目指さなければならない。

その日は朝からよく晴れた小春日和だった。

（もう待てぬ）

大河は意を決し、五平太が非番になる明日にでも立ち合って勝負すると決めた。

道場での稽古を終えると、着替えをして関所に向かった。

宿往還は四町もないが、旅籠《はたご》や茶屋、本陣、脇本陣などがあり、曲物《わげもの》や漆器などを作る職人の店が目立った。土地柄もあろうか木材加工業者も多い。

土地の者が上番所《かんばんしょ》と言ったり御関所と呼んだりする福島関所は、宿場の東端にある。平坦《へいたん》な道から池井《いけい》坂と呼ぶ急坂を上っていく。

坂道は木曽川に落ちる断崖《だんがい》の脇にあり、関所の背後には鬱蒼《うっそう》とした関山が迫っている。

すでに日は大きくまわり込み、山端に落ちようとしている。関所には東西に門があり敷地の周囲には柵《さく》がめぐらしてあった。

槍《やり》を持った門番が大河に気づいて厳しい目を向けてきたが、すぐに表情を変えた。

「これは先生」

五平太の道場に通ってくる門弟で、何度か稽古をつけたことのある男だった。

「やあ、ご苦労だな。遠藤殿の仕事はまだ終わらぬか？」

「もう帰りの支度をされています。お迎えに来られたのですか？」

「世話になっているので、たまには供をしたいと思ってな」

門番はすぐに呼んでくると言って、番所のなかに駆け込んでいった。待つこともなく五平太がさっきの門番と出てきた。

「これはわざわざ、相すまぬことです」

五平太はにこやかに言って足取り軽くやってくる。人を包み込むようなその口調に、いつも肩透かしを食わされるが、今日の大河は意を決していた。

五平太はいっしょに歩き出すと、

「ここは尾張《おわり》家の領地で、代官は代々山村《やまむら》様が継いでおいでです。その山村様に代々仕えているのも当家なのです。江戸へ修行に行った折には、お役を退かせてもらいましたが、またこうやって務めるのは、家柄と言うしかありません」

と、小さく自嘲《じちょう》の笑いを漏らす。

「山本殿のご実家も村役をされていたのでしたな。それも半ば世襲でございましょう」

「わたしは長男ですが、妹に婿を取らせて父の跡をまかせました」

「さようでしたか。それも剣術のために……」

「いかにも」

「人生とは人それぞれでございますな。あそこがお代官山村様のお屋敷です」

木曾川の対岸に立派な門構えの屋敷があった。気になる建物だったが、なるほどあれが代官屋敷かと大河は思った。

翳《かげ》りはじめた山の中腹から飛び出した鳥が数羽、鳴き声を上げながら代官屋敷の東方にある興禅寺《こうぜんじ》の森に消えていった。

「ところで、思わぬご親切を受け長居をしていますが、そろそろ旅に出なければなりません。その前にかねてお願いしています試合をさせてください」

「よろしい」

五平太がまた理由をつけて引き延ばすのではないかと思っていたが、あに図らんやあっさり応じた。

「では、明日にでもお相手いたしましょうか」

その軽妙な口調に真剣味は感じられない。大河は本気なのだろうかと訝《いぶか》りながらも、念押しをした。

「明日、約束でございますよ」

「承知」

その返事にはいつにない厳しさがあった。

第四章　京　女

一

　五平太の道場は間口三間、奥行き四間とさほど広くはない。しかし、使われている材木は檜《ひのき》でぴかぴかに磨き上げられている。床板は格子窓から差し込む日の光を照り返していた。

　五平太は約束どおり、その朝、大河との立ち合いに応じ、道場に座したまま向かい合った。五平太が上座、支度を終えた大河は下座に座っていた。

「山本殿、竹刀でやりますか。それとも木刀を使いますか？　木刀なら寸止めの組太刀、竹刀なら道具をつけて思い切りいきます」

　五平太は余裕の体で聞いてくる。大河は短く思案したが、

「では、木刀で」

と答え、愛用の木刀を袋から取り出した。

見所脇に控える磯太郎が息を詰めて見守っていた。

「よかろう」

短い間を置いて返答した五平太は、傍らの木刀をつかむとゆっくり立ち上がり、道場の中程に進み出た。大河も合わせて立ち上がり、間合い一間半で向かい合った。

表から鵯《ひよどり》の鳴き声が聞こえてくるぐらいで、いたって静かである。

「勝負は五番」

五平太が言い、大河は望むところだという顔でうなずいた。

両者同時に木刀を中段に構えた。

すすっと間合いが詰まる。

五平太は大河より三寸ほど背が低いが、その差を感じさせない。体から余分な力が抜けており、隙がない。双眸《そうぼう》には普段にない光を宿し、大河の動きを警戒している。

大河は五平太に悟られないように息を吐きながら間合いを詰める。一足一刀の間合いはすでに切っている。

北辰一刀流の極意は「攻め」にある。

いかなる相手でも攻め立てることだ。

「とおッ」

大河は低い気合いを発して木刀を繰り出した。面を打った。

と思ったが、五平太の首は横に倒れており、その剣は大河の首筋にぴたりと添えられていた。

ハッとなった。

負けた。

なぜだ？　疑問がふくらんだが、にじり下がり頭《こうべ》を垂れた。

五平太は元位置に戻って構え直す。静かな眼差《まなざ》しだが、油断ならない光を帯びている。

（強い）

大河は五平太の力量を認めながら、楽しくなった。

こんな剣客に会いたかったのだ。

つぎは負けまいと前に出ると、剣先を揺らす鶺鴒《せきれい》の構えを取った。五平太の目がわずかに見開かれた。瞬間、大河の右足が床を蹴《け》り前に飛んだ。

木刀はほぼ直線に繰り出され、瞬時に五平太の脳天で止まっていた。

「まいった。見事だ」

五平太が負けを認めて下がる。

これで一対一の引き分け。勝負はあと三番。

大河がさっと青眼の構えに入ると、五平太は右八相に構え直した。いや、そうではない。異形の構えだ。左足が前にあり、剣尖《けんせん》は大河の右小手を狙い定めている。

やがてその剣はゆるりと持ち上げられ、柄《つか》が耳許《みみもと》まで移された。狙いは小手から、大河の目に転じている。

(霞《かすみ》の構えか……)

大河が初めて出会った構えである。

すすっと五平太が詰めてくる。その体には鬼気とした炎が立っているように見えた。

攻め手がない。踏み出そうとすれば、出端技を使われそうである。大河は右にまわった。五平太の体が合わせて動く。さらに大河はまわる。五平太の足が止まった。

瞬間、大河の木刀が火を噴いた。上段からの打ち込みである。

ところが、ちょんと剣先を払われてかわされた。

つぎの瞬間、五平太の木刀が大河の後ろ首にぴたりとあてられていた。

（まさか）

大河は目をみはって五平太を見た。

人を射竦《いすく》めるような眼光があった。

「お見事です」

負けを認めるしかなかった。

二敗を喫したが、気を取り直して木刀を構え直す。

五平太はまた違う構えになった。八相の構えに見えるがそうではない。木刀は体の右側に垂直に立てられ、左前腕は床と水平になっている。

打ち込めば右から左に払われそうである。大河は怖れずに間合いを詰めた。隙のない五平太がどう出てくるかわからない。

「とおッ！」

牽制《けんせい》の突きを見舞った。案の定、左に払われた。だが、即座に引きつけ、小手を狙うと見せかけ、突きを小出しにしたあとで、

「えいッ！」

と、峻烈《しゅんれつ》な突きを送り込んだ。

五平太の体がのけぞり、大河の木刀の剣尖がその顎《あご》のあたりにあった。

「見事」

五平太は素直に負けを認め下がり、すぐに構え直す。今度は青眼である。

大河も青眼に構え、つづいて鶺鴒の構えに移る。剣尖は揺らめきながらも五平太の喉元《のどもと》に据えられている。

大河は正面から打ち込むと決めた。

ところが先に五平太が動いた。上段からの一撃だった。

カーン！　大河は撥《は》ね上げた。五平太の体がよろめいて後ろに下がる。

その隙を逃さず、すかさず打ち込む。五平太が下がってかわし、構え直した。大河は休まずに攻めに行った。

北辰一刀流の極意、切り落としだ。

真っ向に打ち込み、五平太の攻撃を受けるでもかわすでもなく、紙一重の差で勝機に導く。五平太の剣の起こりがわずかに遅れたのを見定めての技であった。

「とおーッ！」

大河の裂帛《れっぱく》の気合いが道場内にひびいた。そのとき、木刀は五平太の脳天近くで止まっており、五平太の両腕は天に向いたままだった。

「うむ。お見事でござった」

五平太は負けを認めて下がった。

大河も離れて木刀を納めて一礼した。三勝二敗。かろうじて勝ちはしたが、五平太の力量に感嘆していた。

「山本殿、なぜわたしから二本取られたかおわかりか？」

五平太は腰を下ろしてから静かに見つめてくる。

「……力の差でしょう」

「いや、違う。そなたの剣には目をみはるものがある。さりながら驕《おご》りがある」

「驕り……」

「悪い言い方をすれば、そなたはおのれの力量に自惚《うぬぼ》れてはおらぬか」

大河は表情をかためた。

「自惚れが隙になっている。力は十分すぎるほどあるのに、心が伴っておらぬ」

「心……」

「さよう。老いれば次第に強さは失われる。だが、心が伴っておれば強さは失われぬ。わたしは五番勝負で三番を落としたが、真剣での戦いであったならばどうであっただろうか」

「…………」

大河は凝然と目をみはった。

おれは負けたのだ、と悟った。

「身にしみるありがたきお言葉、礼を申します」

頭を下げながらも、遠藤五平太という剣術家に出会えてよかったと思った。

「武者修行の旅、なかなか大変でございましょう」

五平太は普段の口調に戻っていた。

「わたしも江戸に修行に行った際、上総《かずさ》や安房《あわ》を廻国《かいこく》しました。よき出会いもあれば、そうでないこともありました。山本殿もこれからいろんな人に出会われるでしょうが、まずは心を磨くことをお勧めします。では、どう磨けばよいか？　それはご自分でお考えくだされ」

「はい」

「それにしても、そなたの剣の速さ、力強さは尋常ではない。舌を巻きました」

五平太はそう言ってふんわりと笑った。

それから二日後に、大河は五平太とその家族に礼を言って、新たな旅に出た。後ろ髪を引かれるものがあったが、遠藤家への逗留《とうりゅう》は有意義なものだった。

「さて、つぎは……」

大河は赤や黄と見事に色を変じ、深緑の合間に燃え立つ紅葉の山々を眺めながら足を速めた。

二

その日、江戸は朝から弱い雨が降っていた。地面は湿り、家屋の屋根や壁も水を含んでいた。鬱陶《うっとう》しい天気で、寒さも日に日に増している。

千葉道三郎は床につく前に、一度雨戸を開けて暗い空を見た。星も月も見えない。黒々とした空が広がっているだけで、町屋は漆黒の闇に包まれていた。

雨戸を閉めると夜具に戻り、枕許の行灯《あんどん》を消そうとした。グラグラッと屋敷が揺れたのはそのときだった。

「地震か……」

半身を起こしたまま部屋のなかに視線をめぐらす。

四つ（午後十時）の鐘音を聞いたのはそのときだった。

揺れはすぐに収まったので、道三郎は行灯の灯心をつまんで火を消すと、夜具にもぐり込んだ。

すぐには寝つけずに暗い天井に目を凝らす。道場の運営は何とかなりそうだが、この頃、門弟たちが二つに分かれているのが気になっていた。

ひとつは攘夷《じょうい》派で、もうひとつは佐幕派である。

玄武館は水戸家の覚えがめでたく、水戸学なる学問に心酔している門弟が少なくない。その彼らは揃って「夷狄《いてき》討つべし」の攘夷派であった。

しかし、佐幕派は攘夷に賛成はしても、攘夷派は倒幕を目論《もくろ》んでいると目を吊《つ》り上げて敵視する。自然、門弟たちの間に亀裂が入っていた。

道三郎は政事にはさほど関心はないが、世間の話をかいつまんで聞いても尻《しり》の据わらぬことがある。

ペリーが来航し、日米和親条約が締結されて以降、各地に異国船の出入りが頻発していると聞く。

実際、フランスのインドシナ艦隊の軍艦が箱館《はこだて》に寄港したり、下田《しもだ》にグレタ号なる船が入港したりしている。さらにはオランダ艦隊が長崎《ながさき》に来航し、つづいてイギリス艦隊もやって来たという。

そんな話を聞くと、どんどん異国が日本に迫ってくるという危機感を覚える。

幕府もぞくぞくとやって来る異国船問題に対処するために、長崎に海軍伝習所を設けた。さらには戦に勝つには敵を知れとばかりに、神田小川町《かんだおがわまち》に洋学所が開設されることになった。

従兄《いとこ》の重太郎に会えば、水戸学を疎《おろそ》かにはできぬと、説教めいたことを言われる。現に父周作は、水戸において藤田東湖らの学者の教えを真に受けているようである。

いったいこの国は、幕府は、どうなるのだと思うが、道三郎の頭の大半は道場経営で占められている。

こういったとき、政事に一切関心を示さない剣術馬鹿の大河のことを思い出す。

（あやつ、いま頃どこにいるのだろうか……）

大河の顔を脳裏に浮かべ目を閉じたときだった。

グラグラッとまた家が揺れた。さっきは短かったが、今度は地面を突き上げるようなドーンという音もした。

揺れは次第に強くなり、天井が激しく揺れ、柱がミシミシと音を立てた。道三郎は跳ね起きるなり、雨戸を開けた。

揺れはすぐには収まらなかった。屋根瓦《やねがわら》がばらばらと落ち、家全体が傾きはじめた。

（いかん）

そう思うなり、

「逃げろ！　逃げるんだ！」

と、家中にひびきわたる声を張り上げた。

女中の条と下僕の三蔵が暗闇の奥から、

「お逃げください、お逃げください」

と、叫んでいる。

道三郎は着の身着のまま表に飛び出した。近所の者たちも通りに出ており、大きな揺れに身をすくめていた。

遠くに赤い炎が見えたと思ったら、火事特有の臭いが漂ってきて、煙が空に昇るのがわかった。軋《きし》んでいた母屋は傾いて倒壊し、道場も潰《つぶ》れて屋根の下敷きになっていた。

悲鳴が聞こえ、女や子供の泣き声がほうぼうから聞かれるようになると、遠くで勢いよく燃える家が見えた。それは一軒だけではなく、周囲を見まわすと何軒もあった。

大きな揺れは収まったかと思うと、また小さな揺れがやって来て、それからまた大きな揺れに変わったりを繰り返した。

道三郎は自然の脅威になす術《すべ》もなく、三蔵と粂をそばに置いて呆然《ぼうぜん》と朝を迎えるしかなかった。

夜が白々と明けてくると、江戸の町が悲惨な状況になっているのがわかった。黒煙を上げて燃える家があちこちにあり、屋敷の塀が通りに倒れ、火《ひ》の見櫓《みやぐら》が長屋の上に横倒しになっていた。

全倒壊、半倒壊の家は無数にあり、焼け出された者たちや、家の下敷きになって死んでいる者たちが多数いた。

「まさか、こんなことが……」

道三郎は潰れた道場と母屋を見て唖然《あぜん》となり、

「水戸のお屋敷はどうなったのだろうか？」

と、つぶやいた。

水戸家の江戸藩邸には兄栄次郎が詰めているはずだった。あるいは一日早く水戸に向かったかもしれないが、その安否が気になった。

「栄次郎様は一昨日《おととい》水戸に発《た》たれているはずです。さように聞いております」

道三郎の心配を察したのか、三蔵が痩《や》せた小さな体をふるわせて言った。

「ならば大丈夫であろう。鍛冶橋の重太郎さんはどうであろうか……」

「それは……」

三蔵は困った顔をする。

「とにかく道三郎様、屋敷を片づけなければなりません」

道三郎は三蔵を見た。

気が動転している自分より、三蔵のほうが落ち着いている。

「そうだな。しかし、どこから手をつける」

「火事になっていないのです。あちこち燃えている家がありますが、まずは大事なものを取り出すべきではないでしょうか」

条もそうすべきだと言う。

ひどい惨状になっているが、まずは三蔵の言葉どおり、片付けをするしかなかった。しかし、親兄弟の行方がわからなくなったという近所の者や、親が家の下敷きになっているので手を貸してくれという子供がやって来たりした。

死んでいるか生きているかわからないが、まずは命が大事だと、道三郎は助けを求めてくる者たちに力を貸した。

道場には三千人を下らない門弟がいるが、その日は誰一人として来る者がいなかった。おそらく門弟たちも被害にあっているのだ。人の助けをあてにせず、自分でできるかぎりのことをやるしかなかった。

後日わかったことだが、この地震で町屋の家一万四千軒が倒壊し、約一万人の死者が出ていた。

また、お城の東側の大名小路《だいみょうこうじ》にある五十五家の大名屋敷が倒壊していた。旗本・御家人の屋敷はその八割近くが潰れるか、焼失していた。

江戸城も被害甚大で時の将軍家定《いえさだ》は吹上御庭《ふきあげおにわ》への避難を余儀なくされていた。

水戸家の江戸藩邸も被害が大きく、周作が傾倒している藤田東湖は、この地震のさなかに倒れてきた屋敷の下敷きになって死亡していた。

「よし、一から出直すつもりで道場を立て直すのだ」

連日の片付けで真っ黒に日に焼け、汗にまみれた顔を上げた道三郎は、残骸《ざんがい》となった材木の山を眺めて肚《はら》を括《くく》り、真一文字に口を引き結んだ。

「これで終わりにしてはなりませぬからね」

手伝いに来ていた山岡鉄太郎が、泥で汚れた両手を股引《ももひき》にこすりつけて道三郎の横に立った。

三

江戸の町にはほうぼうから煙が上がっていた。

使えなくなった材木や板を燃やしているからである。町奉行所は火事を警戒して、火の用心を徹底するように触れを出していた。

そのせいで、自身番や木戸番の者たちが日がな一日、柝《き》をたたきながら見廻《みまわ》りを行っていた。

道三郎は被害にあわなかった門弟が手伝いに来てくれたこともあり、被害にあった母屋と道場をあらかた片付け終わっていた。いまや屋敷地はほぼ更地に近い状態だ。

さらに稽古《けいこ》に必要な竹刀や道具などをしまう簡易な納屋も建てられ、一時しのぎで寝起きできる小さな家も建った。

もっともそれで十分とは言えない。今後どのように道場を再建するかを考えなければならなかった。道三郎は水戸にいる父周作に手紙を出し、助言を請うた。

また、惨事を聞き知った兄栄次郎が江戸に戻ってきて、悲惨な状況を目のあたりにして呆然となった。

「なんだ、何もないではないか……」

「ご覧のとおりです。それで父上から何か聞いていませんか。向後のことを手紙にて相談しているのですが……」

道三郎は栄次郎を見た。

「聞いておる。どこかゆっくり話のできるところはないか」

「それじゃ家のほうで。どこの町も家の建て替えや後片付けに追われていますから」

案内するのは粗末な仮宅である。小屋と言ってもいいだろう。

畳も入れていない板敷きの三畳間で道三郎は栄次郎と向かい合った。寒さは日に日に厳しさを増していて、日が暮れるとしんしんとした冷気が床下から這《は》い上ってくる。そのために二人は手焙《てあぶ》りを挟んで座っていた。

「江戸がひどいことになっているとは聞いていたが、まさかこれほどまでだとは思いもしなかった。じつは江戸屋敷も潰れてしまってどうにもならぬ」

栄次郎はため息をつく。

江戸屋敷とは小石川《こいしかわ》の水戸藩邸のことだ。

「手伝いに来た門弟から聞いています。なんでも父が教えを請うていた藤田東湖さんとご家老の戸田忠太夫《とだちゅうだゆう》様も、あの地震で亡くなったとか……」

「いかにもさようだ。惜しいことをした」

栄次郎は苦虫を嚙《か》みつぶしたような顔になり、膝《ひざ》に置いた拳《こぶし》をにぎり締めた。

戸田忠太夫は藤田東湖とともに藩主斉昭《なりあき》を陰で支えた人物で、二人は「水戸の両田」と呼ばれていた。いずれも尊皇攘夷《じょうい》を声高に掲げながら、海防の重要性を説き、また領民のための藩政改革にも積極的に動いた人物だ。

「それで父上は何とおっしゃっています？」

道三郎は栄次郎をのぞき見るように、身を乗り出した。

「うむ、まずは様子を見てこいと言われたが、あきれ果てるほどであるな。まあこうなってはいたしかたなかろう。父上はもし被害が甚大であれば、屋敷と道場を建て直すのを急げとおっしゃった。それから、近隣の様子を見て来いとも言われたが、ありのままを話すしかあるまい。東条《とうじょう》先生の屋敷もひどいが、父上はそのことを気にされていた」

「と、申しますのは……」

東条先生というのは、玄武館の隣にある瑤池《ようち》塾の主宰者東条一堂《いちどう》のことだ。漢学の大家で、門人三千人以上を抱え、儒学と詩文を教授しているが、尊皇攘夷論者でもあり、老中首座にあった阿部正弘《あべまさひろ》から朝政について諮問を受けるほどの人物だ。

「先生は八十に手が届きそうなご高齢だ。老体の身で塾をつづけるのは難しいのではないか。跡を継ぐ者がいないなら、塾は閉ざすしかないだろう。そうなれば、瑤池塾の敷地はもて余すはずだ。もし、東条先生に屋敷を手放す考えがあるなら、買い取れとおっしゃった」

「瑤池塾をですか……」

道三郎は西のほうに目をやった。瑤池塾が玄武館の西隣にあるからだ。

「ま、それは様子を見てからでよいと、さようなことを言われた」

「すると、父上は道場を建て直すなら、もっと手広くやれとおっしゃっているのですね」

「そういうことであろう」

道三郎は目を輝かせた。

じつは一から出直す気概がありはしたが、跡形もなくなった道場と母屋を見て、毎日悲嘆に暮れ、この先への光を見出《みいだ》せないでいたのだ。

しかし、父周作はこの機に道場をもっと大きくしろと言っている。

道三郎は父周作の度量の広さに感服すると同時に勇気を得たのである。

「頃合いを見計らって東条先生と掛け合ってみてはどうだ」

「そうしましょう」

「それから、もうひとつある」

豪放磊落《ごうほうらいらく》な栄次郎であるが、急に顔を曇らせた。

「何でしょう?」

「父上のことだ。この頃、以前のような元気がない。どこか患っているのではなかろうかと心配しておるのだ。だが、あの気性だから人に弱みを見せたがらない」

「何かの病にかかっていると……」

「おれはそう思うのだ。急に痩《や》せてきたし、母上も食が細くなったとおっしゃる。ちょっと、気がかりなことだ。もしものことがあっても、水戸と江戸は離れている。一度水戸へ様子を見に行く気はないか。さすればもっと深い話ができるはずだ」

道三郎は短く考えた。

すぐにでも行きたいという気持ちはあるが、跡形もなくなった道場と屋敷のことがある。まずはそちらの建て直しが急がれる。

「会いに行きたいとは思いますが、こんな有様ですから……」

「ま、そうであろう」

それからしばらくして、栄次郎は水戸藩江戸屋敷に戻っていった。

道三郎は表で見送ったその足で、鍛冶橋道場へ向かった。重太郎の家も道場もひどいことになっているのは聞き知っていたが、一度見舞わなければならぬし、ひょっとすると大河から便りがあったかもしれないという思いもあった。

同年ということもあるが、なぜか忘れられない男なのだ。

通町《とおり》を歩き、日本橋《にほんばし》をわたったが、どこもかしこもひどいことになっていた。それでも江戸の者たちは、一日も早く復興させようと汗を流していた。町のあちらこちらから杵《きね》や玄能の音が聞こえてくる。堀川の河岸《かし》には材木船が横付けされ、新しい材木の荷下ろしが行われていた。

お玉ヶ池の道場と母屋は倒壊して潰《つぶ》れたが、いまや重太郎が実際の当主を務めている鍛冶橋道場は焼失していた。

「焼け野原だ」

重太郎は開き直っているらしく、ハハハと笑った。

「やはり建て直しするしかありませんね」

片付けの終わった敷地の一角に立っている道三郎は、黒く煤《すす》けた土地を眺めた。

「もうこの地に道場を建てるのはやめようと思う」

道三郎はさっと重太郎を見た。

「まさか、道場をやめるとおっしゃるのでは……」

「そうではない。どうせなら、もっと広い土地を見つけてそこに建て直そうと考えておるのだ。父上もそう勧められる」

親の考えることは同じだなと、道三郎は思った。

重太郎の父定吉は、周作の弟である。

「すると何かよい土地を見つけられたのですか？」

「この近くだ。桶《おけ》町に手頃な土地があるのだ。話をしたところ沽券《こけん》を譲ってもよいという了解を得ている」

沽券とは商家や土地を売買するときの証文である。

「もう、そんな話を……」

「まあやるからには、早いほうがよいだろうからな。それでおまえのほうはどうなのだ」

「じつはわたしも大きくしようと考えています」

道三郎は父周作が瑤池塾を買収して、道場を広げたらどうかと言っているという話をした。

「では、ぐずぐずはしておれぬな。早めに東条先生と掛け合うべきであろう」

「折を見てそうしようと考えています。それで、山本大河のことですが、手紙などは来ておりませんか？」

「まったくない。なしのつぶてだ」

ワハハと、重太郎はまた笑った。便りを寄越さないのも大河らしいかもしれないと、道三郎は暮れはじめた空をあおぎ見た。

四

江戸の大地震から一月もすると、町屋の大半は家や長屋を建て替え、商家も以前のように商売をはじめるところが多くなった。

玄武館の門弟も更地になった道場跡地にやって来て、素足で稽古《けいこ》をしたり、置かれた腰掛けに座って世間話をしたりするようになった。

とくに水戸家の門弟は、水戸学の洗礼を受けているらしく、開国だ攘夷《じょうい》だと論じる者が少なくない。

小泉善十郎《こいずみぜんじゅうろう》という水戸家の門弟は、とくに藤田東湖に心酔しているらしく、一旦《いったん》、攘夷の話を持ち出すと熱くなる。その日は有村次左衛門《ありむらじざえもん》という、薩摩《さつま》藩士の若い門弟を相手にしていた。

小泉は三十歳だが、有村は二十歳前の青年である。

道三郎は同じようにそばの腰掛けに座り、他の門弟たちの稽古を見ていたが、ときどき小泉の話も聞いていた。

「異国がどんどんやってくるのを拒むのはお上のお役目でございましょう」

有村はにきび面を小泉に向ける。

「まさにそのとおりお上の仕事だ。お上というのは幕府であるが、此度《こたび》、老中首座になられた堀田備中《ほったびっちゅう》様だ。大きな声では言えぬが……」

当人は声をひそめたつもりだろうが、地声が大きいので近くにいる道三郎にもはっきり聞こえてくる。堀田備中とは、佐倉《さくら》藩五代藩主の正篤《まさひろ》（のちの正睦《まさよし》）のことだ。

「備中様は蘭癖が強いらしい」

「蘭癖……」

「蘭学を好まれているのだ。国許《くにもと》の下総《しもうさ》佐倉でも蘭学を推奨されていらっしゃるとか。つまり、西洋にかぶれていらっしゃる。当然のように開国を認められている。

攘夷や鎖国はこの時代にそぐわないとも論じられるという」

「するとご老中様は異国と交わったほうが得策だとお考えなのでしょうか?」

「得なんかあるものか。奴ら夷狄《いてき》はこの国を乗っ取るつもりで近づいてきているのだ。その腹のうちも読めぬ政事など信用できるか。よいか有村、もはや幕府だ上様だと奉っている場合ではないのだ。アメリカやオランダ、それからイギリス、ロシア、その他にも日本を狙っている国がある。幕府を守る政事を考える時世ではない。いまはこの国そのものを守ることを考えなければならんのだ」

「長崎に海軍伝習所というものができましたが、それは……」

「まあ、悪い話ではない。幕府のなかにも目の明いた方もいらっしゃるから、伝習所はできたのだろう。洋学所とて、敵を知るためのものと考えれば納得がいく」

「伝習所も洋学所もいずれは夷狄を討つためのものというわけですか」

「ま、それだけではなかろうが……」

小泉はその後、水戸学の重要性を説きはじめた。

道三郎も耳学問ながら水戸学については少なからず知っているつもりだ。父周作も兄栄次郎も、いまや水戸学を重要視していた。

道三郎は小泉の話をどこか遠くで聞きながら、稽古に励んでいる門弟たちを見守った。もはや野原というか広い庭みたいになった空き地での稽古を見ていると、何だか侘《わび》しくなる。ちゃんとした床板のある道場で稽古をさせたいという思いを強くしていた。

そのために東条一堂に会いに行ったが、いまは湯島《ゆしま》の仮寓《かぐう》に引っ込み床に臥《ふ》せっているという。

湯島まで足を運んで訪ねれば、応対に出てきた若い書生に取り次ぐ恰好《かっこう》になった。それでもかまわないので用件を伝えると、考えておく、という返事をもらっていた。

一度掛け合うと、どうしても瑤池塾の土地がほしくなる。どうにか一堂を説き伏せたいと考えていた。

それは突然の話だった。

道三郎に水戸家から仕官の打診があったのだ。すぐさま父周作の手回しだろうと察しはついたが、即答は控えるに留《とど》めた。その後、水戸の周作から手紙があり、道三郎と今後の道場について心配しているのがわかった。

道場再建の目途はまだ立っていないが、周作はその前に仕官させようと考えているらしい。長兄奇蘇太郎が亡くなる前は、いずれ自分も父や栄次郎と同じように水戸家に召し抱えられるときがくるだろうと、ぼんやり考えていた。

しかし、奇蘇太郎が死に、事実上自分が宗家を継いだいまは、まったく考えもしなかった。おそらく周作は地震によって道場経営がままならなくなったことを懸念しているのだ。手紙には水戸家に召し抱えられても、道場はつづけられると、さような文言もあった。

話を受けたのは十一月初旬だったが、道三郎は考えた末に素直に仕官の道を選択した。結句、水戸家床几廻《しょうぎまわり》役に取り立てられたが、役目は江戸藩邸においての剣術指南であった。

それは形ばかりで、水戸家の子弟は道場に通うことを認められていた。つまり、江戸藩邸に通うことはあっても詰める必要はなく、普段は道場にいてよいというのだ。

傍目《はため》には願ったり叶《かな》ったりの話に映ったかもしれないが、道三郎はこのことで道場再建に力を注ぎはじめた。

東条一堂との三度の掛け合いで、ようやく瑤池塾を買い受けることが決まった。

衝撃的な出来事があったのはその直後である。

父周作が水戸において身罷《みまか》ったのだ。それは周作の死から三日後に道三郎に届いた知らせであった。

(父が……あの父が……)

諸国に剣名を轟《とどろ》かせた父が逝《い》ってしまった。

道三郎は夜空に浮かぶ大きな星が、突然落ちたような喪失感を覚えた。

周作の死は十二月十三日のことで、水戸で荼毘《だび》に付されたあと江戸に遺骨が運ばれてきて浅草《あさくさ》の誓願寺《せいがんじ》に埋葬された。

誓願寺への野辺送りの際には、弟の定吉と道三郎はもちろん、重太郎や栄次郎以下、門弟一千人以上が葬列に加わった。

このとき最初に焼香したのは、かつての玄武館四天王の一人森要蔵《もりようぞう》だった。黒裃《かみしも》姿で馬にまたがってあらわれた森は、

「無念でありまする。無念で……」

と、奥歯を嚙《か》みしめて落涙した。

その涙に誘われるまでもなく、小さなすすり泣きが参列者に広がっていった。

千葉周作、享年六十二――。

安政《あんせい》三年(一八五六)――

新たな年は静かに明けた。昨年は不幸が重なったが、北辰一刀流の宗家を継いだ千葉道三郎は新たな気持ちで新年を迎えた。

道場再建は昨年の暮れよりはじめられており、一月の末には竣工《しゅんこう》した。

以前は破風造りの玄関に八間四方の道場であったが、今度は瑤池塾の一部を買い取って拡充した。

瑤池塾の敷地を完全に譲り受けるのは、主《あるじ》の東条一堂が翌年亡くなってからのことで、道場を二つに分け、内弟子のための寮（長屋）を設けることになる。

一方、父定吉の代わりに鍛冶橋道場を差配していた重太郎は、焼失した場所からほど近い桶町に新たな道場を建てていた。

これ以降、重太郎が指導する道場を「桶町」あるいは「小千葉」と呼び、お玉ヶ池のほうを「大千葉」と呼ぶようにもなった。

「多門《たもん》、これへ」

母屋の座敷にいた道三郎は、家の奥に声をかけた。待つまでもなく、弟の多門四《し》郎《ろう》が座敷にやって来た。

「何でございましょう」

「うむ。おれのことを聞いておらぬか？」

「は、さて……」

多門四郎は首をかしげた。

「耳に入っておらぬか。じつは先ほど水戸家から使いが来て、父の家督をそのまま継ぐことになった。家禄《かろく》は父と同じ百石」

「それはおめでたいことです」

「めでたいかどうかわからぬが、悪い話ではない。されど、道場の差配だけに頭を使うわけにいかなくなった。水戸藩邸においての剣術指南、道場に通ってくる水戸家家臣の指導などに力を入れなければならぬ」

「疎《おろそ》かにはできませぬからね」

「問題は師範代だ。庄司さんが受けてくださっているが、一人では足りぬ」

庄司弁吉は周作の死後、師範代として道場に来るようになっていた。

「たしかに……。しかし、在府中の水戸家の門弟にその腕のある者はいませんよ」

多門四郎ははっきりと言う。

「おれは山岡ではどうだろうかと思うのだ。あれはなかなかの腕があるし、顔と体に似合わず穏やかで面倒見もよい」

「わかりますが、山岡さんではまだ力不足でしょう」

「さように申すか」

道三郎はそのまま弟の顔をまじまじと見つめる。多門四郎は幼い頃から体が丈夫なほうではなかった。しかし、技量は優れている。

兄栄次郎も、

「あやつ、もっと体ができてくれば怖ろしく強くなるぞ。ただ気になるのは、目を病んでいることだ」

と、言うように多門四郎は目が弱かった。それ故に、上達が途中で止まっていた。

「おまえは十九になった。もう十分大人だ」

「わたしにやれと……」

「いやか？」

多門四郎は視線を短く彷徨《さまよ》わせてから道三郎に視線を戻した。

「わたしに務まるでしょうか？」

「務めるのだ」

「……兄上のたってのご命令とあれば、承知いたしました」

多門四郎は短く思案したのちに、はっきり答えて言葉をついだ。

「気になっていることがあります。廻国《かいこく》修行に出られたまま帰っておられない山南《やまなみ》さんですが、どうなっているのでしょう。わたしは山南さんが戻ってきたら、師範代にそれこそ相応《ふさわ》しいと思っていたのですが……」

「なんだ話していなかったか」

多門四郎はきょとんと首をかしげた。

「あの人はもう戻ってこないだろう」

「まさか、廻国中に不幸にでも……」

多門四郎は息を呑《の》んだ。

「そうではない。市谷《いちがや》に試衛館《しえいかん》という道場がある。天然理心流《てんねんりしんりゆう》だ。当主は近藤周助《こんどうしゆうすけ》殿だが、その跡目を継ぐ嶋崎勇《しまざきいさみ》という師範代がいるそうだ。山南さんはその嶋崎殿と馬が合うらしく、そのまま転がり込んでいる」

「試衛館……聞いたことはありますが、山南さんがその道場へ」

知らなかったと、多門四郎はため息をついた。試衛館はさほど有名ではなく、江戸においては三流の道場と言ってよかった。

「大河はその道場の嶋崎勇と一度立ち合っている。引き分けだったらしいが……」

「へえ、大河さんが……それも初耳です」

道三郎は苦笑した。

「おまえはのんびりしたところがあるからな。戻ってきてほしい門弟と言えば、おれなら清河《きよかわ》さんだ。あの人は郷士の出で藩に縛られる人ではない。こういったとき戻ってきてくれるとありがたいが……」

「清河八郎《はちろう》さんは国許《くにもと》に帰られていますからね」

「とまれ師範代の件、わかったな」

五

道三郎にとってその年は忙しくもあり、また平穏な年でもあった。昨年は地震や父の死などといった不幸は重なったが、今年は再建した道場も順調で、門弟らが戻ってきたばかりか、その数が増えていた。

水戸家に抱えられている身ではあるが、父周作や兄栄次郎のように水戸に行くことはなく、定府の馬廻役《うままわりやく》に推挙された。水戸家に優遇される道三郎は、

「江戸藩邸や水戸の方角に足を向けて寝られなくなった」

と、嬉《うれ》しさを隠しきれない顔で言った。

「先生、またまたお偉くなられましたね」

その日、道場に出ると、水戸家の門弟小泉善十郎が話しかけてきた。

この男は、水戸家使之者の一人で耳聡《みみざと》く、水戸学に溺《おぼ》れている。その度が過ぎる傾向があるので、適当にあしらうことが多い。稽古《けいこ》をつけてくれと言ってきても庄司弁吉にまかせてしまう。

「偉いとは思わぬが、御前様のご厚意をむげにするわけにいかぬだろう」

「そうでございましょうが、馬廻役と言えばれっきとした上士です。拙者のような軽輩とは違います」

「だからといって威張るわけにもいかぬ」

「そこが先生の偉いところです。わたしより年は十も若いのに、羨《うらや》ましいかぎりです」

「それで何か話があるのではないか？」

早く追い払いたいので話題を変えた。

「築地の講武所ができましたが、先生にお呼びはかかっていないのでしょうか？」

何だそのことかと思った。

築地に講武所が竣工《しゅんこう》したのは先月の四月のことだ。教授方として剣術十一名、槍術《そうじゅつ》十名、砲術十四名が任命されていた。

「ないな。あったとしても請けることはできなかった。そんな暇などないからな」

「それが正しいと思いまする。お上の思惑はわかりはしますが、剣術なら町道場で十分こと足りるはずです。槍術然り砲術然りです。それより我が藩はついにやりました。軍艦を完成させたのでございます」

「ほう、それは初耳だ」

道三郎はどこか鼠を連想させる小泉を見た。

「旭日《あさひ》丸と申しまして立派な軍艦です。先日、ご家老らのお供をして石川《いしかわ》島まで見に行ってまいりましたが、我が目を疑うばかりの堂々としたものでした」

旭日丸は排水量七百五十トン、全長は二十三間一尺、全幅五間二尺で、四十二門の大砲を装備していた。

しかし、進水間もなく、水深が浅かったせいで着底して横にかしいで動かなくなった。このことを小泉は知らないようだ。

「まあ、なんと申しますか赤漆の船体を目のあたりにしたときは、我知らず胴震いをいたしました。これで黒船が来ても勝てると思いました」

「そんなに立派な軍艦か。ならばわたしも一度見物に行かなければならぬな」

「是非にも是非にも……」

小泉は嬉しそうな顔で稽古支度をはじめた。

道三郎はまだ木の香りのする道場をゆっくり歩きながら、門弟たちの稽古ぶりを眺める。庄司弁吉と弟の多門四郎が師範代を務めているので仕事は幾分楽になり、心にも余裕ができていた。

「先生、少し伺いたいことがあります」

声をかけてきたのは昨年の暮れに入門してきた小峰軍司《こみねぐんじ》という男だった。

すでに天然理心流の免許を持っており、筋がよくて上達も早いので、道三郎はひそかに目をつけていた。

「何であろうか？」

「こちらの道場には山南敬助《けいすけ》という人がいらっしゃるはずですが、昨年からずっと姿を見ておりません。わたしは八王子《はちおうじ》の実家で、廻国修行中の山南さんにお目にかかり、稽古をつけてもらったことがあります。その折にわたしはいずれ玄武館で修行したいと申していたのですが、まだ旅をなさっているのでしょうか？」

「ほう、山南さんの知り合いであったか」

道三郎は軍司に体を向けた。背はさほど高くないが、筋骨はしっかりしている。

「あの人はもうここへは戻ってこないだろう。いまは試衛館にいるはずだ」

「試衛館に……そうだったのですか。いや、ずっと気になっていまして」

「おぬし、いくつになる？」

入門する門弟のことは、あらかた調べてはいるが、数が多いのですぐに忘れてしまう。

「二十三です」

「ほう、そうであったか。もっと若いと思っていたが、わたしよりひとつ上であったか」

軍司は驚いたように片眉《かたまゆ》を動かした。

「武家の出であるか？」

「いえ、父は村名主です。わたしは長男ですが、家督を継がずに剣術の道を選んで幼い頃より竹刀を振りつづけています」

「村名主の倅《せがれ》であったか……」

道三郎はまじまじと軍司の顔を見た。朴訥《ぼくとつ》な男に見えるが、稽古や試合での動きは速い。この男、鍛えれば師範代になれるかもしれないと考えた。

「村名主の倅なら、もう一人面白い男がいる。山本大河という者だ」

道三郎がそう言ったとたん、

「あ……」

　と、軍司は驚き顔をしてすぐに言葉を足した。

「その方の名は山南さんからも聞いています。門弟のなかに自分より強い男がいる。山本大河という男だとおっしゃいました」

「ほう、山南さんがそんなことを……」

「山本さんはここには……」

　軍司は道場で稽古をしている者たちをひとわたり見た。一心に素振りをしている者、二人一組で組太刀をしている者、師範代の庄司に型稽古をつけられている者、試合形式の地稽古をしている者などが汗を流していた。

　道場はそんな門弟たちの発する気合いと、竹刀のぶつかり合う音、床板を蹴《け》る音などで喧騒《けんそう》としていた。

「山本大河は桶町のほうだ。だが、いまは廻国《かいこく》修行中で江戸にはいない」

「そうだったのですか」

　軍司は何だかがっかりした顔をした。

「帰ってきたら手合わせを組んでやる」

「そのときはよろしくお願いいたします」

軍司は一礼をして稽古をするために、玄関近くの壁際に戻っていった。

その容姿はまったく違うのに、道三郎はそこに一瞬だけ大河を見た気がした。

「小峰」

道三郎は近づいて声をかけた。

軍司が座ったまま見上げてくる。

「稽古をつけてやる」

言ったとたん、軍司は面のなかで白い歯をこぼした。

六

「へ、へ、へっくしょん！」

大河は思い切りくしゃみをして、

「誰かおれの噂をしていやがるな」

と、独りごちた。

「あら、いい噂かしら悪い噂かしら……」

そう言って悪戯《いたずら》っぽく首をすくめるのは、お夕《ゆう》という女だった。祇園《ぎおん》の岡場所にある旅籠《はたご》の、通い女郎だった。

「さあ、どうであろうか。それにしても釣れねえな」

大河とお夕は鴨川《かもがわ》の畔で釣りをしているのだった。そこは五条大橋《ごじょうおおはし》に近い河原だった。夏の日を照り返す川はてらてらと光っている。

「山本様は面白い」

お夕はそう言うと、竿《さお》を川のなかに放り投げ、水につけた両足を動かした。ぴちゃぴちゃと水が撥《は》ねるのを面白がっている。

「何が面白い？」

「だって、わたしといるときは粗略に話しかけてくるのに、お侍にはそうではないでしょう。わたしはずけずけと言ってもらったほうが気が楽ですけどね」

お夕はそう言うと、日傘を開いてくるくるとまわした。

「さようか……」

大河は釣り竿を捨てた。

竹を伐《き》って釣り糸と鉤《はり》をつけただけの粗末なものだった。

「釣れぬから帰るか」

「帰ろう帰ろう。帰って冷やをきゅっとやりましょ」

お夕はすっくと立ち上がって、酒を飲む仕草をした。

日は西にまわり込んでいるが、まだ暮れるには早い刻限だった。

そうするか、と応じた大河も立ち上がって諸肌《もろはだ》を脱いでいた浴衣《ゆかた》を調えた。二人はそのまま河原を離れ、問屋町《といやまち》通りに向かった。

お夕はその通りにある朱雀町《すざくちょう》の裏店《うらだな》に住んでいた。日傘を肩で支えてくるくるまわしながら歩く。以前は島原《しまばら》遊郭の女郎だったのだが、丸太町《まるたちょう》の材木問屋の主《あるじ》に身請けされ妾《めかけ》になった。

ところがその主が二年前にぽっくり逝《い》ってしまい独り身になると生計が立たず、祇園の通い女郎になっているのだった。

しかし、運良く借金もなければ囲われ者でもない自由の身になった女だ。薄化粧をしたお夕は若く見えるが、大河と同じ二十二歳だった。

「さあ、入って入って……」

長屋の戸を開けたお夕が、大河を家のなかにうながす。

何のことはない九尺二間の裏長屋である。戸口の反対側には勝手口があり、風通しのよい造りだ。裏の林で蟬の声がわき立っている。

大河が居間に上がってどっかり胡座《あぐら》をかくと、早速お夕が酒を運んできた。

ぐい呑《の》みに酌を受けてあおる。喉《のど》がきゅっと鳴る。

その様子を見ていたお夕が、はんなりと微笑んで、自分のぐい呑みの酒に口をつけた。

「話し方が人によって違うか……さっき、そんなことを言ったたな」

「そう、違います」

「そうだろうな、自《おの》ずとそうなっちまったんだ。されど、子供の時分は違った。いつもおまえに話すような話し方をしていた」

「あら、それじゃお侍言葉はどうやって覚えたの。剣術をはじめてからですか？」

「そうだな」

大河はざっと話をしてやった。

川越の田舎で育ったこと、江戸に出て秋本佐蔵《あきもとさぞう》という剣術家の指導を受けたこと。

そして、その佐蔵の娘冬《ふゆ》に行儀作法を教えられたことなど。

話をしているうちに、お冬は元気だろうかと思った。

「お冬さんという方はきれいな方でしたの？」

「美人だった」

「ま……」

お夕はちょいと頰をふくらませて、大河の太股《ふともも》をつねった。

「痛ェじゃねえか……」

「お冬さんはいまはどうしてらっしゃるの？　まさか、山本様の帰りをお待ちになっているの……」

「中浜八之助《なかはまはちのすけ》という偉いお武家に嫁がれた。幸せに暮らしてらっしゃるだろう」

「どっちが本物かしら……」

お夕はそう言ってまじまじと大河を見る。

「どういうことだ？」

「山本様は、ちゃんとしたお侍のときもあれば、そうでないやんちゃくれのときもあるでしょう」

長旅をつづけているうちに、たしかにそうなっている自分には気がついていた。町人や在方の百姓や職人たちと接するとき、おれは侍なのだと武張った物言いをすると、相手が距離を置きよそよそしくなるのを肌で感じた。それで砕けた言葉で話しかけると、親しみを感じるらしく態度が変わる。

以来、大河は相手によって話し方を使い分けるようになっていた。

「どっちも本物だ。それはそうとして、そろそろ旅をはじめなけりゃならん」

「あら」

お夕は急に淋《さび》しげな顔をした。

「いつまでもおまえの世話になって、居候しているわけにもいかんのだ」

「どうして旅をするのです？　旅の先に何があるのです？」

「旅の先にあるもの……」

大河は宙の一点を凝視した。

「おれは日本一の剣術家になるのだ。そのための旅だ」

「へッ……日本一……」

「そうだ、それがおれの行きつくところだ。無論、旅の終わりにそうなれるとは思ってはおらんが、いずれは日本一になる」

このことは久しく口にしていなかったが、お夕にならかまわないと考えて打ちあけたのだった。

お夕は目をぱっちり広げて、二度三度、口をぱくぱく動かした。

色白で細面。右目の脇に小さな黒子《ほくろ》。体も細いが見た目ほどではなく、お椀《わん》型の乳房は大きからず小さからず、腰はくびれ、尻《しり》にはほどよい肉がつき、足首が細かった。身請けされたというのは、その体が証《あか》していた。

「つぎはどこへ行くのです？」

「京まで来たので、江戸に戻ろうかと思う」

来るときには中山道を使ったが、帰りは東海道だと決めていた。それにしても、福島宿の遠藤五平太に世話になったあとの旅に収穫はなかった。

強い剣術家がいるという噂を聞けば、すぐに訪ねて試合を申し込んだ。だが、手《て》応《ごた》えのある者は一人もいなかった。

一撃で負かすか、相手を追い詰めて竹刀や木刀を交える前に相手が「まいった」と、先に負けを認めたのだ。

飛騨高山に井上八郎という剣客がいると聞いたのは、太田《おおた》宿でのことだ。大河は街道を外れ、飛騨街道を使って高山に着いた。

心弾ませたのは、井上八郎なる剣客が千葉周作の門弟だと聞いたからだった。年も四十の坂を越したばかりだと言うので、脂の乗った剣術家だろうと楽しみにしていた。

ところがせっかく寄り道をしたのに、井上八郎は小野《おの》鉄太郎（のちの山岡鉄舟）という弟子を連れて江戸に行ったと知りがっかりした。

その後も人の噂を頼りに手応えのある剣術家を探し歩いたが、いずれも立ち合えばさほどの腕ではなかった。

そうやって京へ辿《たど》り着いたのだが、未《いま》だこれだという剣術家には出会っていない。

「江戸へ……山本様は行ってしまわれるのね」

お夕がしんみりした顔を向けてくる。

「短い間だったが、おまえのおかげで楽しかった。それに助かった。礼を言う」

「いやッ」

お夕は小さくかぶりを振るなり、大河の胸に飛び込んでき、

「別れる前に抱いてください」

と言って顔を上げた。大河はお夕の唇に自分のを重ねた。

七

翌朝、大河は四条《しじょう》大橋の西詰に小さな粗薦《あらごも》を敷いて座っていた。そばには竿竹《さおだけ》で作った幟《のぼり》を立てている。幟にはこう書かれていた。

『江戸千葉道場門弟、山本大河、天下無双の剣客也。我ゾと思う者挑み来たれ』

炎天下である。

座っているだけで額には汗が浮いてくる。背中には黒い汗染みもできていた。

幟旗を立ててそこに座るようになったのは、京にこれぞという道場がなかったからである。

しかしながら、京には諸国大名家の屋敷があちこちにある。屋敷自体は江戸の大名屋敷に比べると小さいが、詰めている藩士たちもいる。

しかも天皇の住まう京都御所も、徳川将軍が上洛《じょうらく》の際に宿舎とする二条城《にじょうじょう》もある。何より日本の都なのである。

だが、高名な剣術家の名も聞かなければ、大河の申し出を受ける者もいない。しからばおのれを喧伝《けんでん》して対戦者を募ろうと考えた末、四条大橋での座り込みとなった。

三条《さんじょう》と五条の大橋は公儀橋とされているので、座り込みをすれば直ちに奉行所の取締りを受けると知り、大河は公儀橋ではない四条大橋を選んだのだが、目論見《もくろみ》はあたっている。最も往来の多いのが四条大橋だからである。

されど、声をかけてくる者はいない。目の前を町人に僧侶《そうりょ》、神官、大小を差した武士たちが行き来するが、誰もが物珍しそうに大河を見て通り過ぎてゆく。そうやって三日がたっていた。

真っ黒に日に焼けた大河の目だけが異様に白く光っている。旅の途中で月代《さかやき》を剃《そ》るのが面倒になり、いまは総髪にして頭の後ろで縛っていた。脇には袋に入れた竹刀と木刀、そして腰には大小を差していた。

（今日もだめか……）

じりじりと照りつける炎天下の座り込みは楽ではない。

京に剣客があらわれたぞ、天下に名を轟《とどろ》かせている千葉周作門下の者らしい、そんな噂が広まれば、我こそはと声をかけて来る者がいてもよいはずだ。

京には腕に自信のある剣術家がいないのか、そんな思いにもとらわれていた。

大河は京に辿り着くと、北は鞍馬《くらま》、西は嵐山《あらしやま》、南は鳥羽《とば》のあたりまで、そして東《ひがし》山界隈《やまかいわい》を歩きまわった。

もちろん骨のある剣術家探しのためだったのだが、結果はさっぱりであった。

そして、三日目の旅籠《はたご》で買った女がお夕だった。一晩床をいっしょにすると、お夕は大河が諸国行脚の修行の旅をしていると知り、京にいる間だけでもうちに来てもかまわないと誘ってくれた。

女郎の言うことであるから、裏に何かあると警戒したが、あにはからんやただの親切だったのである。

なぜ、そんな親切をするのだと問えば、

「一目会ったときから、この人はわたしの好みだと思ったの」

と言って、照れ臭そうに笑った。

自分の好みの男ならいつもこんな親切をしているのかと聞けば、

「後にも先にも初めてでございます。ほんとうですよ」

と、真顔で答えた。

腕を磨くための剣術家には会えずじまいであるが、お夕に会えたのは幸運だったと言う他はない。

手拭《てぬぐ》いで汗をぬぐい、青い空の一角に聳《そび》え立つ入道雲を眺める。通行人は目の前を通り過ぎるか、少し離れたところに立ち幟を眺めて去って行く。

ところがひとりの男がそばにやって来た。行商人らしく、大きな箱物を背負っていた。真剣な顔で幟旗に書かれている誘い文句を読み、座っている大河を見てきた。

「おめずらしいことをなさっていらっしゃいますね」

「…………」

大河は黙って見返す。

「わたしは越中富山《えっちゅうとやま》の薬屋で諸国をまわっている者です。主に中国筋が多ございますが、こんな方に出くわしたのは初めてです。あ、申し遅れました富山は能登屋《のとや》又《また》兵衛《べえ》方の忠兵衛《ちゅうべえ》と申します」

大河は忠兵衛と名乗った男を見た。

「何用だ？　まさかそのほう、剣術の心得があるか」

「とんでもございません。わたしはそっちのほうはさっぱりでございます」

「ならば何だ？」

「その、わたしが行ってまいりましたところに、それはお強いとめっぽう評判の剣術家がいらっしゃるんです」

大河は目をみはった。

「宇野金太郎《うのきんたろう》様と福原範輔《ふくはらのりすけ》様という方です。いずれも周防岩国《すおういわくに》は吉川《きっかわ》家のご家臣ですが、それは噂にたがわぬ力量だと評判でございます」

「流派を聞いておるか？」

「片山流《かたやまりゅう》だとお聞きしました」

大河は眉宇《びう》をひそめた。

耳にしたことのない流派だが、内心面白いと思ったし、強い興味がわいた。

「周防岩国だと言ったが、それはどこにある？」

「九州《きゅうしゅう》の手前になります。瀬戸内《せとうち》の外れと申しましょうか……広島の先と申しましょうか……」

大河にはぴんと来ない。地理には疎いのだ。

「京からその岩国までいかほどかかるであろうか？」

「歩いてならば、まあ早くても半月はかかりましょう」

「半月……」

「急ぐなら大坂《おおさか》に下って舟を使う手もあります」

「舟ならいかほどかかる？」

「そうですね。遅くても四、五日でしょうか。いえ、わたしは舟を使ったことがないのでたしかなことは言えませんが……」

「面白い話だ。礼を申す」

「いえ、とんだお邪魔をいたしました」

忠兵衛という薬屋はそのまま四条通りのほうへ歩き去った。その姿を見送った大河はは じかれたように立ち上がると、さっさと片づけてお夕の家へ急いだ。

胸のうちには、

（おれは岩国へ行かねばならぬ。まずは大坂だ）

という思いがあった。

「明日発《た》つのですか……」

その夜、大河に岩国へ行くと告げられたお夕は驚き顔をした。

「うむ、こういったことは急がなきゃならぬ。おまえにはすっかり世話になった」

「行ってしまうのですね」

「うむ」

大河はぐい呑《の》みの酒に口をつけてから、

「おまえは壬生《みぶ》の生まれだと言ったな。実家に帰る気はないのか？」

と、お夕をまっすぐ見た。

「帰っても何ができるわけでもありません。家は鍛冶《かじ》屋なのです。それに、わたしを島原に売った親です。帰りたいなどと思ったことはありません」

「この先のことは考えているのか？」

「そんなことは……なるようにしかならないから……」

お夕はうつむいたあとで、さっと顔を上げた。

「山本様、名残惜しいわ」

そう言うなり、お夕はぐい呑みになみなみと酒をつぐと、そのまま一息であけた。

濡《ぬ》れたように潤んだ瞳《ひとみ》を向けてきて、口についた酒を手の甲でぬぐうと、よろけるように立ち上がり、紐《ひも》をほどいてするりと浴衣《ゆかた》を落とした。

きれいな姿態が行灯《あんどん》のあかりに染められた。

「今生のお別れだと思って……」

お夕が手を差し伸べてきた。

大河は思いを受け止めるように、お夕の手をつかんで引き寄せた。

第五章　海越え

一

それは大河が京に入る一月ほど前のことだった。

江戸の練兵館《れんぺいかん》道場で風呂《ふろ》焚《た》きをしている仏生寺《ぶっしょうじ》弥助《やすけ》に、

「弥助さん、ご隠居先生がお呼びです」

と、当主斎藤《さいとう》家の梅吉《うめきち》という下僕が声をかけてきた。

「ご隠居様が……」

「早く行ったほうがいいよ。あっしが代わりに焚いときますから」

ならばと言って弥助は腰を上げて表に出た。夏の盛りで高く昇った日が容赦なく照りつけている。

弥助は腰手拭いで汗を拭《ふ》きながら、母屋へ向かった。道場から門弟らの気合いの入った声と、竹刀のぶつかり合う音が聞こえてくる。

弥助は練兵館の当主斎藤弥九郎《やくろう》と同じ越中射水《いみず》郡仏生寺村の出だった。その縁で、練兵館に来て風呂焚きとして雇われた。

苗字《みょうじ》はなかったが、いまは村の名を取って「仏生寺」となっている。当主の弥九郎がつけてくれたのだった。

剣術に興味を持つのは自然の成り行きで、面白半分に竹刀を持たせたのが、弥九郎と縁の深い岡田利貞《おかだとしさだ》だった。利貞は撃剣館《げきけんかん》を開いた岡田十松《じゅうまつ》の嫡男で、十松の弟子が斎藤弥九郎だった。

そういう関係があり、利貞は弥九郎の練兵館の食客となり、門弟らは「ご隠居先生」と呼んでいた。

弥助はその利貞に剣の腕を見出《みいだ》され、めきめきと腕を上げ、道場の高弟を打ち負かすほどになっていた。

もしや、練兵館で最も腕が立つのは「弥助ではないか」と、そんな噂さえあり、「閻魔《えんま》鬼神」という渾名《あだな》もつけられていた。

ところが弥助は無学文盲で剣術以外ではあまり役に立たない。稽古《けいこ》はしているが、練兵館の風呂焚きや小間使いをつづけていた。

ご隠居先生と呼ばれる岡田利貞は、母屋の離れに住んでいる。玄関で訪いの声をかけると、早く上がって来いと言われた。

「へえ、へえ」

汚れている手を股引《ももひき》にこすりつけて座敷に上がると、

「おまえに手紙が来ておるのだ。と、申しても、おまえは字が読めぬからわしのところに来たのだが、差出人は歓之助《かんのすけ》だ」

「へっ、歓之助様が……」

歓之助は大村《おおむら》藩に召し抱えられ、剣術指南役として肥前《ひぜん》大村に行っている。

「さよう。なんでもおまえに助を頼みたいらしい」

「あっしに助を……」

「岩国に宇野金太郎という岩国藩の剣術家がいるそうな。その宇野と勝負をさせたいらしい」

「へえ、どこでございます？」

「岩国だ」

弥助にはぴんと来ない。岩国がどこにあるか知らないし、初めて耳にする。

「長州《ちょうしゅう》の近くだ」

「長州の……あっしが、その岩国へ行くんですか？」

「まずは歓之助のいる大村へ行け。詳しいことはそこでわかるはずだ」

「へえ」

「おそらく、歓之助は宇野金太郎という剣術家に痛い目にあわされたのだろう。だからおまえに助を頼みたいのだと思う。大方そんなことであろう」

「あのぅ大村へはどうやって行くんです？」

「懸念あるな。森末重信《もりすえしげのぶ》という大村藩の門弟がいる。郷士の倅《せがれ》だからどこにでも行ける身分だ。大村までは森末が案内する」

　あまり要領を得ないが、利貞は手筈《てはず》を整えているようだ。弥助は「へえ、わかりました」と生返事をして去ろうとしたが、

「待て待て。おまえはなぜ、新太郎《しんたろう》や歓之助と試合をすると負ける？　手を抜いているのはわかっておるのだ」

「それは……」

　弥助はうつむいた。

　斎藤弥九郎の長男新太郎、次男の歓之助はかなりの剣客である。しかし、弥助は

二人の前に出ると、どうしても遠慮してしまう。手を抜いているつもりはないが、遠慮が先走って負けるのだ。

「ま、よい。とにかく大村へ行くのだ」

弥助が江戸を発《た》ったのはその翌日のことで、約半月後に肥前大村に到着し、歓之助と合流した。

「よく来てくれた。おまえを呼んだのは他でもない。恥ずかしい話だが、周防岩国に宇野金太郎と福原範輔という剣術家がいる。このところおれは調子を崩し、不覚にも負けてしまった」

「ひゃあ、歓之助様がですか……」

弥助は驚き顔をした。

「馬鹿にするな。そういうときもあるのだ。されど、このままでは大村家の剣術指南としての面目が立たぬ。宇野と福原はおれを負かして間もないから、試合を申し込んでも請け合わぬ。そこでおまえの出番と相成ったわけだ。やってくれるか」

「そりゃあ、歓之助様のお指図ならいやとは言えません。それで、その宇野と福原という人はどこにいるんですか？」

「岩国だ。長旅の疲れがあるだろうから、明日はゆっくり休んで、明後日に岩国へまいるが、よいな」

「へえ、わかりました」

二

歓之助が弥助を連れて岩国に入ったのは、それから五日後のことだった。

宇野金太郎は岩国城下に道場を持っており、歓之助は弥助を伴って道場に入った。

「なにやら強い剣客がいるという書簡を受け取り、楽しみにしておりました」

宇野は不遜《ふそん》な面構えで歓之助に応じた。

歓之助は訪問にあたり、先に手紙を出していた。

「先だってはお見苦しいところをお見せいたしました。このところ子弟の指南に忙しく、おのれの調子が上がらず、お相手したこと恥ずかしいかぎりです」

歓之助は苦しい言い訳をした。

宇野の口辺に冷笑が浮かんだ。

(馬鹿にしておるな)

心で思っても顔には出さず、

「これにいますのは仏生寺弥助と申す者。それがしが江戸の練兵館において鍛え上げた秘蔵っ子でございます。是非にも宇野様と一度お立ち会いをお願いしたく存じます」

と、試合の申し込みをした。

「仏生寺殿は腕に自信がおありなわけですな」

宇野は弥助を凝視した。

弥助は恥ずかしそうにうつむき、卑屈な笑みを浮かべる。

（これ、しっかりにらみ返せ）

歓之助は隣で苛立《いらだ》つが、声に出すことはできない。

「まずは弟子と立ち合っていただきましょうか。それでよろしいかな」

「へえ」

弥助が小さく返事をすると、宇野は支度をしてくれと催促をして、道場にいた三人の門弟を指名した。

弥助が襷《たすき》を掛け、道具をつけ終わると、宇野に指名された門弟が道場中央に進み出た。

「では、はじめッ！」

見所に座っている宇野の合図で試合がはじまった。

弥助は五尺三寸なので、さほど背は高くない。

対する相手は大柄で肩幅の広い男だった。

弥助がひょひょっと、独特の送り足で前に出ると、相手が先に打ってきた。いきなりの面打ちである。

「や、やあ！」

弥助はひょうげた気合いを発すると同時に、相手の小手を打ちそのまま面を打っていた。

勝負は一瞬でついた。

宇野は少し驚き顔をしたが、つぎの門弟を名指しして戦わせた。

弥助はあっさり胴を抜いて勝つ。

三人目も弥助の相手ではなかった。歓之助はやはり弥助を呼んでよかったと、浮かびそうになる笑みを堪《こら》えた。

「福原、仏生寺殿のお相手を……」

宇野は高弟の福原範輔を見て言った。福原は強くうなずくと、素速く身支度を調えて弥助の前に立った。

「どこからでもまいられよ」

福原はそう言って、竹刀を青眼に構えた。

弥助は剣尖《けんせん》をやや右下へ向けていた。福原が詰めてくる。

動かない弥助は、左脇も面も隙だらけだ。そこに付け入った福原は、床を蹴《け》るなり面を狙って打ちにいった。

ビシッ！

強烈な音がしたと同時に、竹刀が床に転がっていた。それは片膝《かたひざ》をついて、右腕を押さえている福原のものだった。

弥助の勝ちである。

見所にいる宇野はくわっと目を見開き、信じられないという顔をしていた。

弥助はひょうひょうと元の位置に戻ると、福原に一礼し、

「あのう、水を飲ませてもらえませんか。喉《のど》が渇きました」

と、誰に言うともなく所望した。

宇野が門弟に指図すると、すぐに水が届けられた。弥助は面を脱ぎ、ゴクゴクと喉を鳴らしてうまそうに飲む。

た。


「つぎは宇野殿だ」

歓之助が低声で言うと、

「敵は討たなければなりませんから」

弥助も低声で応じて面を被《かぶ》り直した。

見学にまわっている歓之助は、これほどまでに頼もしい弥助を見たことがなかった。

（負けてはならぬぞ）

心中で弥助に声をかける。

支度を終えた宇野が進み出てきて、弥助と向かい合った。

「遠慮はいたさぬ」

宇野が言うと、弥助は無言のまま竹刀を左上段に持って行った。宇野は眉宇《びう》をひそめた。

左上段は、攻防一体の中段の構えと違い、隙だらけの構えである。脇も胴も小手も空いている。そして、これから面を狙うというのがあからさまにわかる。

宇野は小手を打つと見せかけ、突きを送り込んだ。

バシッと、道場にひびく音がした。

弥助の竹刀が宇野の面を打った音だった。宇野は呆気《あっけ》にとられた顔で棒立ちになり、それから気を取り直して、

「もう一番」

と言って、竹刀を構える。

弥助はまた左上段に構えた。

面のなかの宇野の白い顔が興奮と悔しさで紅潮していた。遠慮なく間合いを詰めると、がら空きの胴を打ちに行った。

ビシッ。小気味よい音がひびいた。

またもや弥助の竹刀が宇野の面を打っていた。隙だらけの同じ構えで、二度も面を打たれた宇野は収まりがつかぬらしく、

「くっ、もう一番お願いいたす」

と、所望した。

弥助はまた左上段に構える。

宇野は用心をして左にまわり込み、弥助の隙を探す。しかし、探すまでもなく隙だらけだ。傍目《はため》にもそう見える。

宇野の門弟らは固唾《かたず》を呑《の》んだ顔で試合を見ているが、歓之助は口辺に浮かぶ笑み

を堪えることができなかった。

やはり、三本目も宇野が先に仕掛けていった。胴からの擦り上げ面。しかし、弥助は軽く受け流す。

さらに宇野は突き突きと送り込み、胴を抜きにいった。

とたん、ビシッと弥助の竹刀が宇野の面を打っていた。

宇野は肩を上下させ、そんな馬鹿なと言いたげな顔で下がった。

「宇野殿、もう一番おやりになりますか？」

歓之助が声をかけると、宇野は荒い息をしながら顔を向けてきた。

「いや、今日はあまり体が動かぬので、これまでにしておきましょう」

「それは残念。わたしはもう一度、宇野殿と立ち合いたかったのですが……」

「今日は調子が上がらぬ。やめましょう」

宇野は悔しそうに唇を引き締めると、弥助を見て一礼した。

歓之助も弥助を見、

（よくやった）

と、浮き上がる笑みを堪えることができなかった。

三

帆を張った舟はゆっくりと瀬戸内の島々を横目に西へ向かっていた。

大河は艫《とも》のほうに積んである俵物に寄りかかって眠っていたが、近くで話し合っていた客の笑い声で目を覚ました。

ゆっくり身を起こし、周囲に目をやる。瀬戸内はきれいな島ばかりで眺めがよい。

「おい、ここはどのあたりだ？」

大河が声をかけると、車座になって話し込んでいた行商らしい男三人が顔を向けてきた。

「鞆《とも》の浦《うら》の沖ですよ」

太った丸顔の男が教えてくれたが、大河にはぴんと来ない。

「三原《みはら》まではまだあるのか？」

乗っているのは備後《びんご》国三原まで行く舟だった。

「まあ半日もかからないでしょう」

すると夕刻には三原宿に着くということだ。

大河はまた俵物に寄りかかり、ぼんやりと遠くの陸地を眺めた。深緑に覆われた山が列《つら》なっていた。

居眠りをしているときに夢を見たがよく覚えていない。

ただ、その夢にお夕が出てきたのだけはわかっている。

どこか見知らぬ国にいて、お夕は大きな川の対岸に立っていた。大河はその川をわたろうとするが、橋がない。ならば浅瀬を選んでわたろうとするが、突然、川は洪水となって大河の前進を阻む。

お夕を呼ぶが、もうどこにもその姿はなかった。大河は土手道を駆けながらお夕を探している途中で目が覚めた。

（あの女どうしているだろうか……）

瞼《まぶた》の裏にお夕の顔を浮かべる。

別れたのはつい先日のことなのに、もう遠い昔のような気がする。

お夕の家を出たのは、まだ夜の明けきらぬ頃だった。寝息を立てているお夕に気づかれないように、そっと彼女の長屋を抜け出してきた。

未練を残したくないから、枕許《まくらもと》に世話になった礼として懐紙で包んだ二両を置いてきたが、もう少し弾むべきだったかと、いまになって思う。

京に別れを告げた大河は、高瀬舟で大坂まで下り、そこから明石《あかし》行きの舟に乗った。明石からは姫路《ひめじ》まで行き、そこから備後三原まで行くというまの舟に乗り込んだのだ。

大坂を出てから四日がたっていた。

（岩国まであといかほどだろうか……）

大坂を発《た》つとき、岩国まで五、六日だと聞いていた。だが、潮の流れや風、そして天気次第で早くなったり遅くなったりすると教えられていた。

舟は昼間しか航行しないので、途中何度も湊《みなと》に立ち寄り、そして夜を過ごさなければならなかった。

舟はゆっくり西のほうに向かっている。

高く昇った日は、海をきらめかせ周囲の島々に光を降り注いでいる。

そんな景色を眺めているうちに、ふと遠藤五平太《うぬぼ》に言われたことを思い出した。

五平太は大河の剣に驕《おご》りがある。力量に自惚れている。その自惚れが隙になっていて心が伴っていないと言い、心を磨くことを勧めると付け足した。

大河は決して自惚れているつもりはなかった。しかし、強く否めないおのれに気づきもした。だから自惚れなど捨てる、剣にも驕りはないと内心に言い聞かせた。

されど、それは自分勝手な思いでしかない。見る者が見れば、自分はまだ未熟なのだろうと思いもする。

五平太には心を磨くことを勧められたが、その方法は自分で考えろと言われた。

（いったい、心を磨くとは……）

ときどきそのことを考えるが、これだという答えを見出《みいだ》せないままだった。

空を舞う鳶《とび》を見ながら、もう一度そのことを考えたが、

（わからん）

と、かぶりを振った。

備後三原湊に着いたのは、その日の夕暮れだった。

大河は小さな旅籠《はたご》に草鞋《わらじ》を脱ぐと、疲れた体を休め、翌朝、再び舟の都合をつけ、二日後に岩国に着いた。

宇野金太郎は高弟の福原範輔を相手に稽古《けいこ》を終えたところだった。

斎藤歓之助が連れてきた仏生寺弥助に敗れて以来、宇野は落ち込んでいた。なぜ、これから面を打つ、面を狙っているという構えをする仏生寺に勝てなかったのか？　なぜ防ぐことができなかったのか？　そのことを考えつづけていた。

福原に仏生寺と同じ左上段の構えを取らせての組太刀を、何度も稽古していた。だが、福原の打ち込みは防ぐことができ、がら空きの胴や小手へ打ち込める。

「なぜだと思う？」

宇野は福原を真っ直ぐ見て問う。

「それは……」

同じことを何度も聞かれる福原は返答に窮し、言葉がつづかないが、「もしや」と言葉をついだ。

「もしや、何である？」

「わたしは仏生寺に小手を打たれたとき、腕が痺《しび》れました。それだけでなく、あの男の竹刀が見えなかったのです。つまり、仏生寺の打ち込みがそれだけ速いということではないでしょうか」

宇野は能面顔になって宙の一点を凝視した。

たしかにそうなのだ。面を打たれたとき、仏生寺の竹刀が見えなかった。自分の打ち込みのほうが早かったはずなのに、その前に打たれていた。目にも止まらぬ一瞬の早技――。

（そういうことなのか）

宇野は唇を噛《か》んで心中でつぶやいた。

「先生」

若い門弟が駆け寄ってきた。

「何だ？」

「はい、廻国《かいこく》修行中の剣術家が、先生との立ち合いを望んでいると耳にいたしました」

「廻国修行中……つまり武者修行の者か。その者はどこから来たのだ？」

「江戸らしいです。わたしはしかと聞いておりませんが、玄武館千葉道場の門弟のようです」

「玄武館……」

つぶやく宇野は懐かしさを覚えた。かつて宇野も江戸に出て千葉周作の指導を仰いでいる。

「名はわかるか？」

「たしか山本と申したはずです」

「山本……」

千葉道場に山本という高弟はいなかったはずだ。新しい門人かもしれぬ。

「いずれこの道場を訪ねてくると思いますが、いかがされます？」

「わたしは来る者は拒まぬ。その者が来たら、すぐに知らせてくれるか」

「承知いたしました」

四

長い船旅の末に岩国に着いた大河は、そこが今津《いまづ》という湊だと知らされ、

「ここではない。おれが行きたいのは岩国だ」

と、船頭に迫った。

「いいえ、この川の上が岩国ですよ。半里も行かずに城跡の石垣が見えますから」

そう教えられて、錦《にしき》川沿いの道を上って行くと、なるほど石垣の上に鬱蒼《うっそう》とした森が見えた。

岩国城は元和《げんな》元年（一六一五）に二代将軍秀忠《ひでただ》が発令した「一国一城令」によって破却され、いまは城跡の西側にある横山《よこやま》に藩庁を置いていた。

廻国修行の醍醐味《だいごみ》は、見知らぬ土地に足を踏み入れることである。それだけで気持ちが高揚する。生まれ育った川越や江戸、あるいはこれまで旅をしてきた土地と

まったく違う趣がある。もちろん、大小の小島が点在する瀬戸内の舟旅も気持ちを高揚させていた。

岩国は錦川の両岸に町が広がっており、とくに右岸沿いに民家や商家が多かった。川西《かわにし》という町屋に入ると、飯屋を見つけてそこで腹を満たした。ついでに、宇野金太郎という剣術家を知っているかと、店の者と近くにいた客に聞くと、

「周防では一番の剣術家です」

「宇野さんに勝てる人は岩国にはいません」

「あの方は養老館《ようろうかん》で剣術指南をなさっていまして、長州からも教えを請う人がやってくるほどです」

などと、誰もが宇野金太郎のことを自慢げに語った。

大河を旅の者と知った客が、どこから何をしに来たのだなどと問い返してくれば、胸を張って江戸にある千葉道場から来たと話した。

「すると玄武館の千葉周作先生のご門弟ですか？」

と、聞く者がいる。

大師匠の周作の名がこんな遠国にまで届いていると知った大河は、何だか誇らしい気持ちになった。

飯屋を出た大河は川西という町屋の旅籠に草鞋を脱ぎ、それから宇野金太郎の道場がどこにあるかを確かめて、再び旅籠に戻った。

そのまま宇野を訪ねてもよかったが、すでに日は暮れかかっていたし、まずは旅の疲れを取ろうと考えたのだ。

翌朝はゆっくり起き、遅めの朝餉《あさげ》を取ってから旅籠を出た。

宇野道場は錦川の対岸、錦見《にしみ》という場所にあった。川をわたるには錦帯橋《きんたいきょう》という橋を使う。昨日も感動したが、あかるい日中に見る橋は、また違う趣があった。

橋は五つの反り橋がつながっているという不思議な構造をしていた。よくこんな橋を造ったものだと感心することしきりである。

城跡のある城山の森と、北方にある岩国山を眺める。川の下流は瀬戸内の海である。川面《かわも》はきらきらと秋の日差しに輝き、岸辺には赤い彼岸花を見ることができた。

橋の長さは百二十間、幅は二間半ほどだ。上ったり下ったりを繰り返して橋をわたる。旅籠で橋をわたれるのは武士と許しを受けている商人だけだと聞いていたが、旅姿の大河を咎《とが》め立てする者はいなかった。

「山本様でございますね」

道場玄関に入り、雑巾《ぞうきん》掛けをしていた若い門弟に声をかけると、しばし待ってくれと言われた。

大河はそのまま玄関で待つしかない。さほど広い道場ではなかった。五間、三間半ほどだ。正面上座に「鹿島《かしま》大神宮」と「香取《かとり》大明神」の軸が掛かっている。

「申し訳ございません。先生は藩校へ行ってらっしゃいます。お戻りは昼過ぎなので、出直してくださいませんか」

さっきの門弟が戻ってきてそう告げたので、

「承知いたした」

と、答えて出直すことにした。

大河は町を歩いて暇を潰《つぶ》し、早めの中食を取ってからもう一度錦帯橋をわたった。

（面白い橋だ）

橋の途中で何度も立ち止まり周囲の景色を眺めながら、

（おれもずいぶん遠くまで来たものだ）

と、妙に感慨深くなった。

昼過ぎに頃合いを見計らって道場を訪ねると、また別の門弟が応対をしてくれ、

「どうぞお上がりになってお待ちください」

と、言った。

大河は道場に上がると、作法どおり下座に座して待った。野袴《のばかま》に打裂《ぶっさき》羽織、手甲脚絆《きゃはん》というなりだが、立ち合いの段には羽織も袴も脱ぐことになる。

左側に大刀と、各々袋に入れた竹刀と木刀を置いていた。

玄関から蜻蛉《とんぼ》が迷い込んで来たが、武者窓から表に出ていった。しばらくして、通いの門弟がやって来て、大河をもの珍しそうに見た。

(遅いな)

道場の出入口は玄関しかない。何度もそちらを見るが、当主の宇野金太郎はなかなかあらわれない。

小半刻《こはんとき》ほどたってから若い門弟がやって来て、

「先生がお呼びですので、ご案内いたします」

と、告げた。

人を散々待たせておいて、今度は呼び出しかと、少々腹が立ったが、ぐっと抑え込んで案内を受けた屋敷に入った。

玄関を入ったすぐの座敷に通されると、色白で小柄な男があらわれた。齢《よわい》三十ほどの男だ。すっと腰を落として座ると、

「宇野金太郎でございます。山本大河殿ですな」

と、やや人を食ったような顔をして言った。

五

「突然の訪いご無礼いたします」

大河が慇懃《いんぎん》に答えたとき、別の男が茶を運んできた。

「まあ、これへ」

と、宇野は茶を置く男を自分のそばにうながし、

「我が道場の高弟で福原範輔と申す者です。福原、こちらが江戸から見えられた山本殿だ」

福原は軽く頭を下げた。大柄な男で、宇野より歳上に見えた。

「山本殿は玄武館千葉道場のご門弟だと伺っていますが……」

宇野が言葉をつぐ。

「いかにも」

「じつはかく言うわたしも、千葉周作先生の教えを受けたことがあるのです」

「さようでございましたか」

大河は意外なことに眉《まゆ》を動かした。

「すると北辰一刀流を……。こちらの道場には片山流とありましたが……」

「いかにも片山流です。わたしが江戸へ行ったのは嘉永二年のことで、直心影流《じきしんかげりゅう》の島田虎之助《しまだとらのすけ》様の誘いを受けてのことです」

島田虎之助……男谷精一郎の一番弟子だ。

大河は会ったことはないが、名前は知っている。しかし、嘉永五年（一八五二）に、若くして死んでいる。

「玄武館にはどれほどおられたのです？」

「まあ半年ぐらいでしたか。周作先生は噂にたがわぬ剣術家でした。いまは水戸家に召し抱えられていると耳にしていますが、お達者でしょうか？」

「しばらくお会いしていませんが、お達者のはずです」

大河は周作がすでに死んだということを知らないから、そう答えた。

「玄武館のご門弟が廻国《かいこく》修行に見えていると聞き、どんなお方だろうかと、昨日から楽しみにしていたのですが、こんなお若い方だとは思っていませんでした。それにしても立派な体だ」

宇野はあらためて大河を見て口辺に笑みを浮かべた。どうやら自分の噂を昨日のうちに聞いているようだ。大河はすぐにあの飯屋だなと思いあたった。

「わたしは周作大先生から直接の教えは受けていません。弟の定吉先生の門下なのです」

「ほう、さようでしたか。定吉先生もかなりの練達者だと聞き知っていますが、お目にかかったことがないのが残念です。それで、山本殿はどこをまわって見えました」

宇野はそう聞いたあとで、茶をどうぞと勧めた。

大河は茶に口をつけてから、これまでまわってきた国と出会った剣術家の話を手短に話した。

「すべて勝ちを得て見えましたか？」

「立ち合いで負けることはありませんでした」

そう答えた矢先に、遠藤五平太の顔が脳裏に浮かんだ。五平太に勝ちはしたが、完全な勝ちではない。苦い勝負であったが、それは口にしなかった。

「かなりの腕前なのですな」

宇野は感心顔で言うが、どこか見下したところがある。

「宇野さんは片山流を掲げておられますが、周作大先生の教えも受け、島田虎之助さんからも指南されたのですね」

「いかにも」

「島田さんの名は知っていますが、どんなことを教わられました？」

この問いに宇野はしばらく間を置いた。

「どんなことを教わったか……それは剣術より、心の持ちようと言ったほうがよいかもしれません」

「心の持ちよう……」

大河は無駄な話などいらない。早く立ち合いたいと気を急《せ》かしていたが、この宇野の言葉には興味を持ち、目を光らせた。

「島田先生はことあるたびに、剣は心なり。心正しからざれば、剣また正しからず。すべからく剣を学ばんと欲する者は、まずは心より学ぶべしと、そうおっしゃいました」

大河は胸のうちで宇野の言ったことを復唱した。遠藤五平太が自分に助言したのは、そのことではないかと思った。

「わたしは弟子たちに同じようなことを言って聞かせていますが、口で言うのは容《た》易《やす》くとも、いざその真理を究めるのは難しいものです」

「…………」

そうであろうと、大河は納得する。

「ところで山本殿は練兵館の仏生寺弥助という男を知りませんか？」

「仏生寺、弥助ですか……いえ、存じませんが、その男がどうかしましたか？」

宇野は福原と一度顔を見合わせて、少し安堵《あんど》の表情になった。

「練兵館には知っている者が何人かいますが、初めて聞く名です」

「ご存じなければよいです。ただ、伺っただけですから」

「それで立ち合いをお願いしたいのですが、受けていただけますか」

大河は宇野を真っ直ぐ見た。

「お受けいたします。ですが、まずはこの福原を相手してもらえますか。いまはこの道場にいますが、萩《はぎ》の柳生新陰流《やぎゅうしんかげりゅう》の練達者、内藤作兵衛《ないとうさくべえ》殿の教えを受けています」

大河は福原を見た。

「千葉道場のご門弟なら滅多にない機会です。是非にもお相手いただきたい」

福原は自信たっぷりな物言いをした。

「承知いたしました」

大河はそう答えてからすぐに言葉を足した。

「いま福原殿は、萩の柳生新陰流の練達者から教えを受けたとおっしゃいましたが、その方はいまも萩にいらっしゃるのですか？」

もしいるなら相手をしてもらいたいと思った。

「萩の明倫館《めいりんかん》にて剣術師範をつづけられているはずです」

大河は内藤作兵衛の名を頭に刻みつけ、

「では、お相手願えますか」

と、宇野と福原を眺めた。

「それでは道場へまいりましょう」

宇野はそう言って道場へいざなった。

六

宇野は大河を道場に案内すると、門弟らの稽古《けいこ》を中断させ、廻国修行中の大河のことを簡単に紹介して見学するように板壁沿いに座らせた。それから福原をそばに呼んで、

「山本殿がどんな技を使うかわからぬが、先に打って出ることはない。まずは様子を見ろ。相手の拍子に合わせてはならぬ」

と、低声で諭した。

「わかりました」

「仏生寺殿のときは不覚を取ったが、今日は勝ちを譲ってはならぬ。門弟の手前もあるので油断いたすな」

「心得まして……」

「攻め手にまわったら休むことなく仕掛けていくのだ」

「はい」

「よし、頼んだ」

福原が支度を終えて道場なかほどに進み出ると、下座で支度を終えた大河がゆっくり立ち上がって前に出てきた。

門弟たちは息を詰めた顔で、これから戦う二人を見守っている。

「山本殿、五本勝負でいかがであろうか」

宇野は大河に声をかけた。

「望むところです」

「では、始めてもらいましょう」

宇野がそう声をかけるなり、

「きえェーィ！」

と、大河の大音声が道場内にひびいた。

門弟らがその声に驚いて顔を見合わせたが、上座に座る宇野も内心驚いた。機先を制するような気合いだったからである。

宇野は福原を見た。出端《ではな》を挫《くじ》かれていないだろうなと心配になった。

先に大河が出てきた。中段に取った竹刀の剣尖《けんせん》をゆらゆらと動かしている。

福原は助言通りに前に出ず大河の隙をうかがっている。

大河が摺《す》り足で間合いを詰めてきた。二間から一間半、さらに半間……。その瞬間だった。大河の体が前に飛んで、

「おりゃあー！」

と、福原とぶつかる間際で後ろに跳びすさった。

その俊敏さに宇野は目をまるくした。

福原はあっさり小手を打たれていた。面のなかの目に狼狽《ろうばい》が見えた。そのまま竹刀を構え直して大河と対峙《たいじ》すると、先に出ていった。今度は大河のほうが動かない。

（詰めて、一気に打て）

宇野は心中で声援を送る。

福原は大柄だが、大河も体が大きく、まったく見劣りがしない。

さっきは奇声とも思える大音声の気合いを発した大河だが、今度は黙したまま詰めてくる福原の動きを見ている。その双眸《そうぼう》はさっき座敷で会ったときとは大違いで、獣のような禍々《まがまが》しい光を帯びていた。

大河は動かずに、竹刀を中段から脇に移した。その瞬間、福原が突きを送り込んだ。大河が体をひねってかわすと、小手から胴を抜きにいった。

大河はすすっと足を動かすだけでかわす。福原の竹刀はかすりもしない。

（落ち着け、狼狽《うろた》えるな）

試合を見ている宇野は心中で呼びかける。

だが、福原は普段の自分を失っていた。闇雲に竹刀を振りまわしているだけで、かわされつづけている。

福原の竹刀が面を打ちにいったとき、その竹刀が大きくはじかれた。福原の上体が上がり、両腕も上がっていた。

宇野が「いかん」と心中でつぶやきを漏らしたときには、福原は胴を抜かれていた。

「それまで！」

宇野は悔し紛れに試合を止めた。

「山本殿の勝ちでござる。福原は二番を取られました」

「あと三番ありますが……」

大河は顔を向けてきた。

「もう十分でしょう」

宇野はそう言ってから福原を見ると、呼吸を乱し激しく肩を動かしていた。

情けないと舌打ちをしたくなったが、すんでのところで堪《こら》え、福原をちらりとにらむように見てから支度にかかった。

大河は呼吸も乱さず、道場中央に蹲踞《そんきょ》して待っている。

宇野は支度を終えて進み出ると、

「勝負は三番、どちらか二番取ったほうが勝ちです」

「承知しました」

応じた大河はゆっくり立ち上がった。宇野が竹刀を中段に構えると、大河も中段に取った。そのまま短くにらみ合う。

大河の体が大きいのはわかっていたが、いざ対峙するとさらに大きく見えた。それに威圧感がある。大河がゆっくり前に出てきた。

宇野も出ようとしたが足が進まなかった。大河の迫力に圧《お》されているのだ。くッと口を引き結び、丹田に力を入れ、右にまわった。それに合わせて大河も動く。

打ちに出たくても出られなかった。先に打たせよう。そう考え竹刀を右に移し、左脇を空けて誘おうとした刹那《せつな》、何かが飛んできた。もちろん大河の竹刀である。

バシーッ！

一瞬のことだった。

宇野は脳天を打たれていた。その衝撃が凄《すさ》まじく、目から火花が散っていた。

「お見事」

悔しいが大河の技を褒めて、構え直す。

打たれた頭にじんじん疼《うず》く痛みがあった。

つづけて二番は取らせぬと気合いを入れ直して前に出る。こうなったら得意技の小手打ち一本でいこうかと頭の隅で考える。

間合い一間半になった。大河が詰めてきた。いまだと、中段からの小手打ちを決めにいった。一瞬後、またもや面を決められていた。

出ようとした瞬間に、大河の面打ちをまともに食らってしまったのだ。

宇野はなす術《すべ》もなく負けてしまった。その衝撃は自己を喪失させ、しばらく動くことができなかった。

「大丈夫でございますか」

大河に声をかけられて宇野は我に返ったが、腑《ふ》抜けたようにしばらく動けなかった。

七

「待たれよ」

大河が道場を去ろうとしたとき、宇野が声をかけてきた。大河はゆっくり振り返った。じつはさっさと岩国を離れるべきだと考えていた。

それは熊谷の雲嶺館の当主、稲村勘次郎を敗ったとき、門弟らに意趣返しをされ命を狙われたことがあったからだ。

大河は宇野に彼の門弟の前で恥をかかせている。もしや、同じことがあるかもしれないと危惧《きぐ》していた。

「しばし、休まれていかれませぬか」

宇野は言葉をついだ。

その表情に苦渋はなかった。どこか達観している目つきでもあった。近くに立っている福原は悔しそうな顔をしていたが、宇野はそうではない。

「急ぐ旅でもないでしょう」

大河が迷っていると、宇野が言葉を足した。

「ならば」

大河が折れると、宇野は再び母屋に案内した。

「見くびっていました。山本殿にはまったく恐れ入りました」

宇野は負けを素直に受け止めている。

「いえ、たまたま勝ちを得ただけでございましょう。つぎに立ち合えばどうなるかわかりません」

「ご謙遜《けんそん》を。そなたの剣は鋭く速く、圧倒する力がある。わたしは井の中の蛙《かわず》でした。小さな岩国でいい気になっている田舎剣術家でしかなかった。そのことがよくわかった」

「そこまでご自分を貶《おとし》めることはないと思いますが……」

「いや、まことのことです。わたしは仏生寺弥助という男のことを話しましたが、じつは先日その仏生寺と……」

「先生」

福原は渋面をして遮ったが、

「よいのだ。隠すことではない。山本殿、わたしはその仏生寺にも負けているのです。そして今日はそなたに手玉に取られた。どんな修行をして来られたか、少し教えてもらえませぬか」

宇野は真摯《しんし》な目で見てくる。

大河は初めて会ったときの印象と違い、この人は真っ直ぐな心を持った人だと思った。好ましき剣術家であるとも。

それゆえに、自分の出自を語り、江戸に出て秋本佐蔵に弟子入りしてからのことをかいつまんで話した。

「なぜ、何故《なにゆえ》……」

大河の話を聞き終えた宇野は、そうつぶやいてから大河をあらためて見た。

「山本殿、何故強くなりたいと思われる？　剣術をはじめたからには誰しも強くなりたいと思うのは当然の理《ことわり》。されど、そなたには人とは違う思いがあるような気がします」

「難しいことをお訊《たず》ねになる」

「がむしゃらに鍛錬をすれば、誰しもそれ相応の腕にはなります。されど、あるところまで行ったときに、前に進めなくなる。多くの者の腕はそこで止まってしまいます。そこから先へ行ける剣術家は天賦の才を持ち合わせているか、あるいは人一倍、いや十倍も二十倍もの苦しい鍛錬をした者にかぎられていると考えるのです」

「おっしゃるとおりだと思います。わたしも天賦の才というのは、ほんの一欠片《かけら》に過ぎない、あとは鍛錬の積み重ね以外にないと思います。されど、それにもかぎりがあるような気がします」

宇野はくわっと目をみはった。

「そなたはそこまで悟られていらっしゃったか」

「とんでもありません。剣術の境地は奥深いと感じはじめているだけです」

「山本殿、不躾《ぶしつけ》ながらお年はいかほどで……」

「二十二です」

「わたしより七つも下なのに」

宇野はうめくような声を漏らし、宙の一点を短く凝視してから、

「わたしは目が覚めた思いだ。折を見てもう一度廻国《かいこく》修行の旅に出よう」

と、自分に言い聞かせるようにつぶやいた。

宇野はそう言ったように、その後廻国修行の旅に出、「岩国に宇野金太郎と錦帯橋あり」と言われる剣術家に成長する。

しかし、大河にはその将来のことなど予見できない。

「宇野さんの心構えに感服いたしました」

それは正直な気持ちだった。

その夜、宇野は大河を歓待し、別れる際には路銀の足しにしてくれと言って餞別《せんべつ》までわたしてくれた。

断っても無駄だとわかっているので大河は素直に受け取ったが、

「先ほど話に出た九州の剣術家のことですが、会うに値する人でしょうか……」

と、聞いた。

「会って損はないと思います」

宇野のその一言で、大河の気持ちは九州に向けられた。

会いたいと思うのは二人。

筑後《ちくご》柳川《やながわ》藩の大石神影流《おおいししんかげりゅう》二代宗家の大石進《すすむ》。

もう一人は久留米《くるめ》の松崎浪四郎《まつざきなみしろう》という剣術家であった。

つぎなる目的地を定めた大河が、岩国を離れるのはその翌日のことだった。


丁度その頃、肥前大村城下にある斎藤歓之助の屋敷で、仏生寺弥助は歓之助と酒を酌み交わしていた。

歓之助も弥助も酔っていた。

「ひひっ、歓之助様に褒められるとあっしは、どうにも尻《しり》がくすぐったくなります」

「何を言うか、おまえのおかげでおれは胸がすっとしたのだ。されど、おれも宇野金太郎ともう一度立ちおうてみたかった」

「立ち合ったら勘之助様が勝ったに決まっています。へへ、それにしても西国の酒はうもうございますね」

杯をほした弥助は手の甲で口のあたりをぬぐい、歓之助に酌をしてやる。

「言い忘れていた。弥助、おれは出世したのだ」

「へえ、ご出世でございますか。それはおめでとうございます」

「二十騎馬副《うまぞえ》頭取になった。いまや百五十石取りだ」

「……二十騎、馬副……そりゃなんですか？」

「まあ、馬廻役だ。それから江戸に帰ったら父上と兄上に伝えてもらいたい。おれは妻を娶《めと》ることになった」

「へッ、すると奥様をおもらいになるんで……」

「さようだ。よいか忘れずに伝えるのだぞ。嫁は長與中庵《ながよちゆうあん》という藩医の娘だ」

「そりゃまたおめでたつづきで、めでたいが重なってようございます。今夜は酒が進みます」

弥助はヒックとしゃっくりをする。

酩酊《めいてい》している歓之助の体はゆらゆらと揺れている。

表から虫の声が聞こえてくる。

開け放した縁側の向こうにはあかるい月が浮かんでいた。

「ところで玄武館の千葉周作殿が亡くなったと聞いたが、まことか？」

歓之助は急に思い出した顔になてって弥助を見た。

「へえ、去年のことです。地震もありまして、千葉道場は潰《つぶ》れちまいました」

「なに、潰れただと……」

「へえ、鍛冶橋の道場は燃え落ちたと聞いてます。お玉ヶ池は潰れたと」

「すると、道場がなくなったと申すか……」

弥助は顔の前で手を振った。

「いいえ、あの道場は金があるんで、建て直しました。前より構えを広げたと聞いています。あっしは見に行ったことはありませんが、そんな噂です」

「そうか千葉周作殿が死に、道場が……」

父弥九郎が当主を務める練兵館も地震の被害を受けたと知らせを受けたが、心配するほどではないと聞いていた。

「千葉道場には面白い男がいます」

「誰だ？」

「へえ、桂小五郎《かつらこごろう》様が師範代をおやりになるようになって、他流試合をなさいました。ありゃあ面白い男です」

歓之助は酔眼で弥助を見る。

弥助が面白いというのは、つまり強いという意味なのだ。

「そりゃ誰だ？」

「山本大河という男です。大きな体をしているのにすばしっこいんです。桂様はその山本に負けてしまいました」

歓之助は急に酔いの醒《さ》めた顔になった。

大村に来る前に山本大河と立ち合って負けている。その一戦は忘れることができない。だが、弥助はその試合のことを知らない。

「弥助、江戸に帰ったらその山本と立ち合うのだ」

「へっ、あっしがですか。そんなことをしてよいので……」

弥助は目をしばたたく。

「よいも悪いもない。江戸に戻ったら山本に試合を申し込むのだ」

「やってみますが、受けてくれるでしょうか。歓之助様は山本をご存じなんですか？」

「知っている。おまえがどういう戦い方をしたか知りたい。それからおれが江戸に戻ったら相手をしたいと言っていたと、さように告げるのだ」

「歓之助様のお指図なら断ることはできません。わかりました。山本大河を打ちのめせばいいんですね」

「そういうことだ」

歓之助は一気に酒を飲みほした。

八

岩国を発《た》った大河は、西国街道《さいごくかいどう》を辿《たど》り、八日後に下関《しものせき》に着いていた。あいにくの曇り空で、いまにも雨が降りそうな気配だった。しかも、対岸の九州が霞《かす》んで見える。

前夜、長府《ちょうふ》（現下関市長府地区）にてたっぷり睡眠を取り、気力が充実していたので、早く九州にわたりたいという思いを強くしていた。

昨夜泊まった旅籠《はたご》の者は、対岸の門司《もじ》へは渡し舟を使う手もあるが、漁師も話をすれば手を貸してくれると言った。

さらに渡し舟は日に何度もないから、急ぐなら浜の漁師に頼んだほうが早いだろうと教えてくれた。

大河は下関の湊《みなと》に立ち寄ったが、渡し舟は出たばかりで、一刻《いっとき》以上待たなければつぎの舟は出ないと言われた。

大河は亀山《かめやま》神社そばの堂崎《どうさき》というところにいた。外浜《とばま》と呼ばれるあたりで、近くには舟番所もあった。

「雲行きが怪しいから、ひょっとすると船頭は舟を出さないかもしれんな。舟番所もこれじゃ許してくれねえでしょう」

浜で仕事をしている男はそんなことを言った。

「それでは困る。おまえは舟を持っておらぬか」

大河は真っ黒に日焼けして、褌《ふんどし》に腹掛けをしているだけの男を見た。

「おりゃあ舟は持ってねえけど、お侍がどうしても向こうに行きたきゃ、若いやつがいるから連れてこようか」

「よし、それでいい。頼まれてくれるか」

「ちょいと待ってなっせ」

男は一方に歩いて行った。

近くでは網の修理や干物をほしている女たちがいた。おしゃべりをしながら手を動かし、ときどき笑い声を上げている。

しばらくして、さっきの男が若い漁師を連れて来た。まだ十五、六の小柄な漁師だった。白目勝ちの目で大河を見て、

「でっけえお侍だな」

と、驚き顔をした。

「おまえの名は何という？」

「おらあ清助《せいすけ》だ。お侍は何しに九州へ行くんです？」

「おれは武者修行の旅をしているのだ。山本大河という」

「山本様ですか。そんじゃ九州で剣術修行ですか。ご苦労ですね」

「舟を出せるか？」

「瀬戸（海峡）が荒れてるから危ねえけど、どうしてもって言うんなら出しますが、五百文はいただかねえと……」

清助という漁師は吹っかけてきたが、

「いいだろう」

と、大河は応じた。

「それじゃついてきてください」

大河が清助のあとに従うと、さっきの男が、

「清助、潮の流れがひどかったら無理するんじゃねえぞ」

と、声をかけてきた。

清助は「うるせえ」と、吐き捨てる。

湊の外れに清助の舟はあった。粗末で古い小さな漁師舟だ。

「お侍、乗ってください。舟番所に見つかるとうるせえから、伏せていてください」

清助は漁をしているふりをして舟を出すと言う。舟番所の役人の目を誤魔化すためのようだ。おそらく舟賃を吹っかけたのも、そういうことがあるからだろう。

大河は言われたとおりに、舟に乗るとかがみ込んで体を低くした。これでいいかと聞くと、清助がそれでいいと言う。

舟はすぐに出された。ぎっしぎっしと櫓《ろ》が軋《きし》みを上げ、舳《みよし》が波をかき分ける。だんだん舟の揺れが大きくなってくる。

「何だ荒れてんな」

清助が櫓を漕《こ》ぎながらぶつぶつ独り言を漏らす。

大河はときどき暗い空を見上げた。いまにも雨が降りそうな気配だ。鉛色の雲が低くなっている。

「お侍、落とされないように梁《はり》につかまってください」

言われるまでもなく、大河は舟梁をしっかりつかんでいた。波は大きくうねり、小舟を容赦なく揺らす。

「潮が速すぎる」

清助がぼやくと同時に、舟が一方に流されるのがわかった。

大河は心配になり頭を上げて海を見た。潮流が白く渦を巻いている。そのなかに吸い込まれそうな錯覚を覚え、不安になった。

「清助、大丈夫か……」

声をかけても清助は返事をしない。櫓で舟の方向を変えようと必死になっている。その間に舟は大きく波に持ち上げられ、坂を滑るように落ちていく。

「おい、清助、大丈夫だろうな」

清助は返事をしない。

大河は門司のほうを見た。そして、下関のほうにも目をやる。舟は海峡のなかほどまで来ていた。

海峡の幅は三百五十間（約六三六メートル）ほどだ。小舟は潮の流れと波に翻弄《ほんろう》されている。大河は何度も波飛沫《しぶき》を被《かぶ》った。振り落とされないように梁にしがみついたまま、大事な刀と木刀と竹刀を、下緒《さげお》を使って一括《ひとくく》りにした。

「清助、まだ着かぬか」

「もうちょっとだよ」

清助が叫ぶように声を返してきたとき、ついに雨が降りはじめた。

大河は波飛沫を浴びている顔で空を見上げた。
そのとき、清助が「うわー!」と、叫んだ。
同時に舟が横に傾いたと思ったら、大河はそのまま海のなかに飛ばされた。

第六章　強　敵

一

同年九月――。

江戸には秋めいた風が吹き、楓《かえで》が紅葉をはじめ、銀杏《いちょう》の葉も色を変えつつあった。

千葉重太郎は鍛冶橋にあった道場が、昨年の地震によって焼け落ちたので、桶町に場所を移して道場を建て直していた。

道場を預かる重太郎は、父定吉が鳥取藩邸に詰めることが多いので、実質の当主となっている。新しい道場での稽古《けいこ》はすでにはじまっており、門弟も地震前より増えていた。

重太郎は見所に座って門弟の稽古を眺めていた。気になる者がいれば、立ち上がってそばに行き、竹刀の使い方や体の動かし方、あるいは足の使い方などを指導する。

稽古をつけてくれと言ってくる門弟がいれば、その力量に合わせて相手をする。

夏の暑さはすっかり影をひそめ、窓からは心地よい秋の風が吹き込んでいるが、道場は熱気に満ちていた。

「このところ、入門者が増えていますね」

指導を終え、見所脇で汗を拭《ふ》いていた師範代の宮川由利之助《みやがわゆりのすけ》が声をかけてきた。

「時世であろうか……」

重太郎は短く答えた。

「たしかにそうかもしれませぬ。黒船がやって来て以来、士風作興目覚ましいと申しますからよいことでございましょう」

宮川は鳥取藩江戸留守居役の下にいる与力で、定府の身だった。鳥取藩に抱えられた父定吉が見出《みいだ》した男で、師範代格にしていた。目をみはるほどの腕はないが、人柄がよく教え方がうまかった。

「異国に対する敵意の高まりもあろうが、参勤のせいもある。八月には関東の譜代《ふだい》大名家の家臣らが江戸に来る。また、国許《くにもと》に帰る者もいるが、参府してきた者たちが増えている。四月もそうだ」

関東の譜代大名家の参勤時期は、二月か八月である。その他の譜代も六月か八月になっている。外様は四月なので、それから一月遅れで道場に姿を見せる者が少なくない。

「さようなこともありましょう」

宮川はそう応じてから、稽古に汗を流している門弟らに視線を戻した。

そのとき、玄関に二人の男があらわれた。

（あやつ、来たか）

重太郎は道場に上がり込んできた男を見た。

一人は坂本龍馬《さかもとりょうま》、もう一人は手紙にて紹介を受けていた男のはずだ。

二人は稽古の邪魔にならないように見所のそばまで来ると、膝《ひざ》をついて挨拶《あいさつ》をした。

「お久しぶりでございます。お達者そうで何よりです。江戸に地震があり、鍛冶橋道場が焼け落ちたと知ったときは心配いたしましたが、ご無事で何よりでした」

龍馬はハキハキと言って、小さな笑みを口辺に浮かべた。

「そなたも元気そうで何よりだ。国許でも修行はつづけていたそうだな」

「はい、江戸の人たちには負けておれませんから。これにいるのは、毛利恭助《もうりきょうすけ》です。江戸遊学を藩に願い出て許しを得たと言うので連れてまいりました。恭助、ご挨拶を……」

龍馬にうながされた毛利恭助は、丁寧に挨拶をした。年は龍馬と同じぐらいだが、体はさほど大きくはなかった。

「小野派一刀流《おのはいっとうりゅう》を身につけているそうだな。龍馬からそう聞いているが……」

「はい、まだまだ至りませぬので、坂本に勧められて是非にもこちらの道場でいじめてもらおうと思っています」

「いじめはせぬが、しっかり稽古をしてくれ。坂本、毛利、これにいるのは師範代の宮川由利之助だ。なにかわからぬことがあったら遠慮なく教えをあおげばよい」

龍馬と毛利は宮川に挨拶をした。

「前の道場より広くなりましたね。見所も立派です」

龍馬が道場を眺めて言う。

「江戸へは二人で来たのであろうか？」

重太郎は龍馬と毛利を交互に眺めた。

「いえ、他にもいますが、その者たちはわたしの勧めも聞かず士学館《しがくかん》に行きました」

龍馬は隠さずに話す。

士学館に行ったのは、武市《たけち》半平太《はんぺいた》と岡田以蔵《おかだいぞう》、五十嵐文吉《いがらしぶんきち》だった。のちの土佐《とさ》勤王党の同志たちだ。

「桃井春蔵《もものいしゅんぞう》殿は当今人気者であるからな。士学館はますます隆盛だ」

「先生、ご謙遜《けんそん》を。千葉道場も大いに人気であります。このとおり血気に満ちた門人がたくさんいらっしゃるではありませんか」

「こやつ、口がうまくなったな」

重太郎は笑いながら言って、どこに寄宿しているのだと聞いた。

「築地の中屋敷です」

「鍛冶橋ではなかったか。まあ築地も近いので不便はなかろう。それで稽古にはいつから入る？」

「早速にも明日からお願いできますでしょうか」

「よいとも、一向にかまわぬ」

「山本さんはお元気ですか？　姿が見えませんが……」

龍馬は稽古中の門弟たちを一眺めしてから聞いた。

「あやつは廻国《かいこく》修行中だ。もう一年半にはなろうか」

「武者修行に出ていらっしゃるので……。それで、いまはどちらに？」

「わからぬ。便りの一つも寄越してくれてもよさそうなのに、音沙汰《おとさた》なしだ。生きているのか死んでいるのかさえわからぬ」

重太郎があきれ顔で言うと、

「それはまた困りましたね。山本さんに揉《も》んでもらおうと楽しみにしていたのですが……」

と、龍馬は落胆顔で応じた。

「死んでいなければ、いずれ戻ってくるだろう」

「先生もひどいことを……」

龍馬はそう言って高らかに笑った。

それから短く愚にもつかぬ世間話をして、龍馬と毛利は道場を出て行った。

重太郎は見所で門弟の稽古を眺めたあとで母屋に戻り、奥座敷に座って庭を眺めた。

龍馬に言われて大河のことを思い出した。武者修行をしたいと言って聞かず、江戸を発《た》ってから早一年半以上になる。

大河のことを忘れかけていた自分に気づいた重太郎は、

（あやつ、ほんとうにどこにいるのだ）

と、色づきはじめた楓《かえで》を眺めながら胸中でつぶやいた。

二

九州の冬は関東ほど寒くないと思っていたが、とんでもない誤りであった。

朝晩の冷え込みは厳しく、さらに雪まで降る始末である。

「また雪だ」

大河は障子を開けて、ぶるっと体を揺すった。

「今夜は積もりますよ」

言葉を返したのは、五十嵐新蔵《しんぞう》という男だった。小倉《こくら》藩小笠原《おがさわら》家に仕えていたが、粗相をやらかしてお役御免となり、城下から離れた小森江《こもりえ》村に隠棲《いんせい》しているのだった。

「積もるか。まあ、積もったところでとくにやることはなし、行くところもなし」

大河はため息をついて障子を閉めると、長火鉢に戻った。

そこは小森江村にある新蔵の家だった。

門司の南西にあり、西のほうは瀬戸に面し、長崎街道が通っている。海の反対側には風師山《かざしやま》があり、冷たい風を吹き下ろしてくる。

大河が新蔵の家に世話になって三月が過ぎていた。

それは清助という漁師の舟で関門海峡をわたったときのことだ。もうすぐ門司だというところで舟が転覆し、大河は命からがら海岸に辿《たど》り着いたのだが、そこで意識を失っていた。その大河を偶然見つけて助けてくれたのが新蔵だった。

舟を出してくれた清助という漁師のことはわからずじまいである。生きていることを祈るしかないが、探しようがないし、大河は舟が転覆したときに右腕と肋骨《ろっこつ》を骨折していた。

肋骨はすぐに治ったが、右腕はまだ全快には至っていなかった。無理に肘《ひじ》を曲げ伸ばしすると、腕だけでなく肩のあたりまで痛みが走る。

「もうすぐ師走《しわす》だな」

大河は左手で火鉢の炭を整えてつぶやいた。内心に忸怩《じくじ》たる思いがある。

「すぐ年が明けます。その頃には腕はよくなっているでしょう」

「明日にでも治れと思うのだが……」

大河は右の拳《こぶし》をゆっくりにぎり締める。以前より力は入るようになったが、木刀どころか軽い竹刀も振れない始末である。

「焦らぬことです。じきに治りますよ」

「他人事《ひとごと》だと思って……」

大河は言葉を返すが、新蔵は命の恩人でもある。逆らうことはできないし、親切な男だった。

「また降ってきましたよ」

戸口を入ってきた新蔵の妻幸《さち》が、手拭《てぬぐ》いを払いながら言った。

「もらってきたか？」

新蔵が声をかけると、幸は懐から包み紙を取り出した。煙草だった。

「もらってきたんじゃなくて、くすねてきたんです。どうせ、わかりっこないでしょうから……」

幸は悪戯《いたずら》っぽい笑みを浮かべた。

実家に戻って父親の煙草を黙って持ってきたようだ。幸は岩津甚兵衛《いわづじんべえ》という庄屋《しょうや》の娘だった。新蔵はその実家の座敷を借りて寺子屋をやっていた。筆子は村の百姓や漁師の子ばかりだ。

「新蔵殿、お幸殿、話がある」

大河には幸が戻ってきたら打ちあけようと思っていたことがあった。

「話……あらたまって何です？」

「助けてもらい、そのうえ居候までさせてもらっている。いつまでも親切に甘えているわけにはいかぬ。腕もだいぶよくなった。それに歩くのに不自由はない」

「出て行くと……」

新蔵が真顔を向けてくる。

「年が明けるまでいたほうがよいと思いますよ。いま無理をしたらまた悪くするかもしれません。うちは何も遠慮はいらないんですから」

幸も引き止めることを言う。

「妻の言うとおりだ。山本さん、出て行っても行くあてはあるんですか？　その腕では武者修行はできないでしょう。ここはじっくり治すべきです。うちは子供もいないし、夫婦二人暮らし。遠慮など無用、もう少しいなさいな」

そう言われると、大河の心が揺らぐ。

「それに路銀稼ぎの口があるんです」

大河はさっと新蔵を見た。

「寺子屋に来る子供たちに山本さんの話をしたら、剣術を教わりたいと言う子がいます。他にも郷士の倅《せがれ》や大人もいます。まあ、数は多くありませんが、ちょっとした稼ぎにはなるはずです」

「そんなことを……」

「出稽古《でげいこ》料は安いでしょうが、指南をすれば旅の助けになりましょう」

「そうですよ。旅に出るのは腕を治してからにすればよいのです」

幸も言葉を添える。

「しかし、ずいぶん迷惑をかけている。これ以上の……」

「山本さん、迷惑だと思っていれば、こんなことは言いませんよ」

幸が遮った。

「さよう。迷惑でも何でもない。悪いことは言わない。もう少し、養生しなさい」

「五十嵐殿、幸殿……」

大河は二人を眺めた。胸が熱くなっていた。

「すまぬ。恩に着ます。では、もう少し我《わ》が儘《まま》を許していただけまするか」

「あらたまることはない。引き止めているのはわたしたちなのだ」

幸も「そうですよ」と、同意する。

「ならば、もう少し。それから頼みがある」

「腕がこういう按配《あんばい》なので字が書けぬ。新蔵殿、おれの代わりに手紙を書いてもらえませんか」

「誰に書くのです？」

「千葉重太郎という師匠にです」

「お安いご用です」

新蔵はにっこり微笑んだ。

三

ちらちらと江戸の町に雪が舞っている。

通りも町屋の屋根も、そして大名小路にある屋敷の屋根も白くなっていた。

道三郎は日本橋をわたったところだった。雪のせいかいつもより人通りが少ない。それでも大戸を開けている商家には、人の出入りがある。

黒い足跡が点々とある道を傘を差して歩く道三郎は、白い息を吐きながら先を急いだ。行くのは桶町にある千葉道場である。

重太郎が是非にもしたい話があるらしい。いったいどんな話なのだろうかと、考えてみるがとんと見当がつかない。

お玉ヶ池の道場も広くしたが、桶町道場も当主の定吉が持っていた日本橋堀留《ほりどめ》町の自宅を処分し、桶町に見つけた土地に道場を拡張していた。

「みなさん、お待ちですわ」

定吉の新居である母屋の玄関に入ると、佐那《さな》が迎えてくれた。母屋は道場のすぐ脇に建てられていた。

「みなさんというのは……」

道三郎が問うと、佐那はくりっとした目を見開き、意外そうな顔をした。

「父上と兄ですよ」

「叔父《おじ》様もいらっしゃるのか。重太郎さんだけかと思っていた」

道三郎がそのまま座敷に行くと、大きな火鉢を挟んで定吉と重太郎が向かい合って茶を飲んでいた。

「よお、来たか。まあ、これへ」

重太郎は自分の隣へ道三郎を勧めた。

「お玉ヶ池のほうも盛況になってきたらしいな」

道三郎の挨拶《あいさつ》を受けた定吉は頬をゆるめて言った。

「こちらの道場のほうが勢いがあります」

道三郎は言葉を返した。

桶町の千葉道場は定吉の意向で、武士だけの門弟ではなく、商人や農民、そして希望する者があれば女の入門も許していた。お玉ヶ池の玄武館は、基本的に武士階級のみを取り、しかも上士と下士を分けて稽古《けいこ》をつけていた。

道三郎は時代遅れだと思っているが、いまは亡き父周作の決めたことを安易に変えることができずにいた。もっともいまはその決まりをゆるめ、郷士身分や名字帯刀を許されている者たちの入門もできるようにしている。

それにしても分け隔てない入門を許可する桶町の道場には、自《おの》ずと門弟が増え活気づいていた。

「門弟が増えるのはよいことだが、それだけ世間の者たちの目が明いてきたと言うことであろう。わしはそう感じておる」

道三郎はそう言う定吉を眺める。

すでに還暦になっている定吉の顔には、深いしわが刻まれ、髪も薄くなり霜を散らしていた。それでも目には力がある。

「お玉ヶ池のほうでもさようなことを感じるであろう。ことに玄武館には水戸家の子弟が多い。兄上は水戸学の影響をずいぶん受けていたようだが、水戸家の者も意気が上がっているはずだ」

道三郎は途中まで定吉の言うことがわからなかったが、なるほどその話かと納得した。定吉は茶に口をつけると、すぐに話をつづけた。

「わしは鳥取池田《いけだ》家に仕えているが、殿様は水戸公の庶子で水戸学に長じていらっしゃる。家臣の多くも水戸学を学び、その考えに傾倒している」

耳を傾ける道三郎は火鉢の五徳にのせられている鉄瓶を眺める。隙間風の入らぬ部屋なので、湯気は真っ直ぐ昇っていた。

鳥取藩の当主は池田慶徳《よしのり》であるが、当人は徳川の血筋なので松平相模《さがみ》守と称することが多い。慶徳は藩内に水戸学を広めているので、定吉もその影響を受けているようだ。

「道場に門弟が増えるのも、昨今の異国騒ぎが大きく取り沙汰《ざた》されるからだ」

「父上、その話はもうよいではありませんか」

重太郎がたしなめたが、定吉はいやよくはないと話をつづける。

「剣術一筋、道場の繁栄、まことにもってめでたいことではあるが、そのことにうつつをぬかしていると、いつ何時足を掬《すく》われることになるやも知れぬのだ。耳にいたしているであろうが、アメリカのハリスという領事が伊豆下田《いずしもだ》にやって来たと思うや、ロシアの使節も下田に来ている。いずれも日本との交易を有利に進めるために、幕府と話し合いだ。そして、幕府は折れてしまった。ロシアと和親条約を結んだのだ。このことがいずれどうなるか推量できるか……」

熱弁をふるう定吉は重太郎と道三郎を眺める。

道三郎は内心うんざりだった。こんな話を聞きに来たのではない。従兄《いとこ》の重太郎に話があると告げられているのだ。そのことを先にしてほしい。

だが、相手が叔父の定吉では文句が言えぬ。辛抱して話が終わるのを待つしかない。

「異国の求めに応じるのにもほどがあるはずだ。それなのに幕府は甘い言葉に籠絡《ろうらく》され魂を売ろうとしている。そのことに薄々気づいた者たちがいる。諸藩の志士がそれだ。商人然り農民然り、江戸の町民も憂えている。幕府頼みではいかぬ。だからおのれで何とかしなければならぬという思いが芽生えている。門弟が増えているのがその証拠である」

「父上、夷狄《いてき》を寄せてはならぬということは何度も聞いております」

重太郎がたしなめて話を中断させようとするが、定吉は聞く耳を持たず、

「幕府も変わるぞ」

と、声を抑えて、光る目を重太郎と道三郎に向ける。

「大きな声では言えぬ。ここだけの話だ。他言ならぬぞ」

定吉は声をひそめて釘《くぎ》を刺す。

そう言われると、いったい何であろうかと、道三郎も興味を持ってしまう。何より幕府が変わると叔父が言うのだ。

「将軍家定様に薩摩《さつま》島津《しまづ》家の養女が嫁ぐことになったのだ。篤姫《あつひめ》様とおっしゃるそうだが、薩摩は公武合体を進め、かつ開国に賛同している。篤姫様に薩摩の入れ知恵があれば、将軍家定様の考えも変わるということだ」

「それはよいほうに変わるということでしょうか、それとも悪いほうに変わると……

……」

道三郎は疑問を呈した。

「あまりよくないだろう。開国を進めるというのは、国を売ることに他ならぬのだ」

「父上、いま七つ（午後四時）の鐘が鳴りました。お約束があったのではございませんか」

重太郎に言われた定吉は、

「なに、七つの鐘が鳴ったか？」

と、我に返った顔になり、これはいかぬ、待たせては悪いと言って立ち上がると、

「道三郎、ゆっくりしてまいれ」

そう言い残して座敷を出て行った。

障子が閉まると、重太郎はかぶりを振って、

「父上も鳥取の藩邸に通うようになって変わられた。昔はあのような話はされなかったのに」

やれやれと、また首を振る。

「わたしの父も、生きていれば同じようなことを言ったかもしれませぬ。それより、話があるとか……」

道三郎は身を乗り出すようにして重太郎を見た。

「うむ、大河から手紙が来たのだ」

「まことに」

道三郎は目をみはった。

「あやつ、九州にいる。そなたのことも聞いてきておる。これだ……」

重太郎は手紙を差し出した。読んでよいと言う。

道三郎は早速受け取って手紙に目を通した。

大河は熊谷宿から中山道を辿《たど》り京に上り、さらに西国まで足を延ばしていた。木曾や岩国でのことを細かに書いてあり、学ぶことが多い武者修行の旅は意義があると書かれていた。どこか紋切り型の内容ではあったが、元気そうである。

「わたしを呼んだのはこの手紙を見せるためでしたか……」

道三郎は手紙を丁寧に畳んで重太郎に返した。

「元気なのはよいが、あやつ江戸が地震でひどい目にあったことや、奇蘇太郎と周作伯父《おじ》が亡くなったことを知らぬようだ。返事を書こうと思うが、そなたがわたしの代わりに出してくれぬか」

「しかし、手紙は重太郎さんに来たのです」

「案ずるな。この手紙は大河の字ではない。気づかなかったか？」

道三郎は言われて、そういえばそうかもしれないと思った。

「おそらく誰かに書かせたのだろう。まあ、それはそれでよいが、そなたと大河は気の合う仲だ。書いてくれ」

重太郎はやわらかな笑みを浮かべた。

「わかりました。ならば、道場が変わったことなどを書いて出すことにいたします」

道三郎はそう言ったあとで、

「ところで練兵館の仏生寺弥助という門弟をご存じですか？」

と、問うた。

「仏生寺、弥助……。いや、聞かぬ名だが、その者がいかがした？」

「大河と立ち合いたいと申し出があったのです。おそらくわたしが大河といっしょに練兵館に行っているので、お玉ヶ池の道場に申し入れてきたのでしょうが、いまは廻国《かいこく》修行中だと断っています」

「ふむ、仏生寺か……。新しい門弟であろうか。そうであれば、かなりの練達者であろう。大河は歓之助殿にも桂殿にも勝っておるからな」

「重太郎さんも知らないのなら、新しい入門者かもしれませんね。ま、そのことはわたしのほうで探っておくことにします」

四

大晦日《おおみそか》まであと三日という日だった。

大河はいまだ居候をさせてもらっている小森江村の五十嵐新蔵の家にいた。その日は新蔵の持っている畑仕事をやってから、新蔵の家に戻った。

折った腕はほぼ快復し、鍬《くわ》を持って畑を耕しても違和感はなかった。

「ご苦労様です。やっぱり男の人の仕事は早かですね。うちがやったらまだ終わらんと思います」

新蔵の妻幸が畑仕事から戻った大河を迎えてくれた。

「なに、造作ない仕事だ。それにこんなことでお返しはできん。やってもらいたいことがあれば遠慮なく言ってくれ」

大河は手拭《てぬぐ》いではだけている胸をぬぐった。寒さがやわらぎはじめているので、畑仕事をすればすぐに汗をかく。

「ところで新蔵殿はまだ寺子屋から戻ってこんのか？」

「そろそろでしょう。もう日が暮れますけん」

幸は土地の言葉で話すようになっていた。

「さようか、ならばもう少し汗を流してくる」

大河は持参の木刀を手に庭に出た。

西に傾いている日が、空に浮かぶ雲を茜色《あかねいろ》に染めていた。周囲の林から目白や甲高い鵯《ひよどり》の声が聞こえてくる。

諸肌《もろはだ》を脱いで木刀を振る。腕が治ったので、以前のように強く速く振れるようになっている。それに右腕を使えない間は、左腕一本の素振りをつづけたせいで、左腕に力がついただけでなく、左手を器用に使えるようになっていた。

この調子なら年明けにも久留米に行こうと、心が逸《はや》る。

「山本さん」

素振りで体が温まり、夕風が吹きはじめたときに道の先から新蔵が声をかけてきた。

「今日はやけに遅いではないか」

「子供たちに引き止められましてね」

近づいてきた新蔵はそう言ってから懐に手を入れた。

「そこで飛脚に会いまして手紙をもらいました。山本さんにです」

「おれに……」

新蔵の差し出す手紙を受け取った大河は、差出人を見て片眉《かたまゆ》を動かした。

「道三郎さんからだ」

「千葉道場の先生ですか？」

新蔵は白い歯を見せて聞く。

「おれの師匠ではないが、主家の三男だ」

「すると千葉周作先生のご子息ですな。やはりお強いので？」

「強い」

「手紙は家に入って読まれたらいかがです。風が冷たくなってきました。そのままでは風邪を引きます」

新蔵は上半身裸になっている大河を見て勧める。

「うむ、そうだな」

大河は早く手紙を読みたいので、新蔵といっしょに家に戻った。

火鉢のある居間に上がると、早速封を切って手紙を読んだ。

重太郎に手紙を出したので、重太郎から返事があるものと思っていたが、道三郎から届いた。道三郎ははじめにそのことを断っていた。

重太郎に勧められて、代わりに返事を書くことにしたのだと述べられている。読みながら道三郎の顔を脳裏に浮かべ、頬をゆるめた。

だが、読み進めるうちに大河は次第に顔を曇らせた。二代目宗家を継いだ奇蘇太郎が死に、江戸が大地震に襲われ、お玉ヶ池の道場が倒れ、鍛治橋道場が焼失したと書かれていた。

「まさか」

心のつぶやきが声となって漏れると、台所で立ち話をしていた新蔵と幸が顔を向けて、

「いかがされました？」

と、新蔵が聞いてきた。

「宗家の周作大先生が死んでいた。それに二代宗家を継いだ奇蘇太郎様も……」

大河は衝撃を受けていた。すぐには信じられないことだった。しかし、その二人が死んでから一年以上たっている。

「それはお気の毒なことを……」

新蔵は神妙な顔でつぶやいた。

「道場も地震で潰《つぶ》れていた。何ということだ……」

大河は奥歯を嚙《か》んで宙の一点を凝視した。手紙を持つ手が震えていた。

新蔵と幸が気の毒そうな顔をして大河を眺めた。

「おれが武者修行の旅に出たあとで、つぎつぎと不吉なことが起きていた。何も知らずに旅をつづけてきたので、まったく思いもしないことだった」

新蔵は一度幸を振り返ってから大河に顔を戻した。

「旅をやめて江戸に戻られますか……」

大河は手紙を折りたたんで懐にしまってから新蔵を見た。

「いや、いま戻ったところで何もできぬ。それに焼けたり倒れたりした道場は建て直されている。おれのいた道場は場所を移しているが、いまは門弟らも増え従前どおりの稽古《けいこ》がつづけられているそうだ。だが、かかる不幸を知ったからには、長旅はできぬ」

「…………」

「年が明けたらすぐに旅に出る。二人には散々迷惑をかけ親切にしていただき、感謝の念に堪えない。せっかく新蔵殿が気を遣ってくれたのに、それも断ってしまった」

断ったのは剣術指南だった。新蔵は剣術を習いたいという浜の漁師や村の者に声をかけていたが、大河はそれに応じなかった。

「そのことは気になさらずに」

「申し訳ない」

「でも、今年はここにいてくださるとですね」

幸が見てくる。

「暮れに動いても会いたい相手にも迷惑であろうから、もう少し迷惑をかけさせてもらいたい。我《わ》が儘《まま》を聞いてもらえるか」

「一向にかまいませんとも」

新蔵は破顔して答える。

「すまぬ」

大河は頭を下げた。

五

安政四年（一八五七）一月十日――

大河は世話になった五十嵐新蔵の家を出、小倉を素通りし、久留米に入った。目当ては神蔭流剣術と宝蔵院流槍術《ほうぞういんりゅうそうじゅつ》を究めているという松崎浪四郎と対戦することだった。

しかし居所がわからず、後まわしにして、先に柳川藩の大石進に会うことにした。久留米をあとにした大河は、柳川につづく田中道（久留米柳川往還）を辿《たど》っていた。大石進、そして松崎浪四郎と立ち合ったら、その足で江戸に戻るつもりだ。

何より北辰一刀流宗家、千葉周作が亡くなり、二代宗家の奇蘇太郎も若くして急死している。二人から直接の指導は受けていなくても、同じ千葉一門の門弟である大河にとっては師に他ならない。

さらには玄武館道場も、鍛冶橋の千葉道場も建て直され新たに出発している。西国の見知らぬ空の下を歩く大河は、はからずも江戸への郷愁を強めていた。

その日のうちに柳川城下に入った大河は、傾いている日を眺めてから、町小路にある旅籠《はたご》に草鞋《わらじ》を脱いだ。

「この町には川が多いな。少し歩けばすぐに川だ」

客間に案内した女中に声をかけると、痘痕面《あばたづら》に笑みを浮かべて答えた。

「ここは水の都ですから、旅の人はみなさん同じことを言われます。お侍さんはどちらから見えたのですか？」

「江戸だ」

「ひゃあー江戸ですか。それはずいぶん遠方から見えましたね。どうぞゆっくりしていってください」

「ちょいと待ってくれ」

女中がすぐに去ろうとするので、大河は慌てて呼び止めた。

「大石進という剣術家がいると聞いているが、知らぬか？」

女中は首をかしげて、知らないと言ったが、

「探してらっしゃるんでしたら、剣術にくわしか人に聞いてきます」

と、お国訛《くになま》りで答えた。

大河は羽織を脱いで手焙《てあぶ》りにあたった。寒さはやわらいでいるが、朝晩は冷え込むので油断できなかった。

窓を開けると、町屋の西のほうに沈もうとしている夕日があった。雲は茜色《あかねいろ》に染まり、その背後に紫紺色の空が広がっていた。

その一角に柳川城の天守が浮かんでおり、夕日を受けていた。東側は黒い影になっていて、その輪郭は鶴のように優美である。

しばらくすると、こちらのお客さんですという声と同時に、部屋の前にひとりの男があらわれた。

風采《ふうさい》の上がらない小柄な男だったが、侍髷《まげ》に小袖《こそで》に地味な羽織をつけており、腰に脇差《わきざし》を差し、左手に大刀を持っていた。

「近くに住んでおられる立花《たちばな》のお殿様のご家来です」

さっきの女中が膝《ひざ》をついて紹介する。立花とは柳川藩の当主のことだ。

「増田《ますだ》朋蔵《ともぞう》と申します」

紹介された男は、慇懃《いんぎん》に名乗った。

「山本大河と申す。増田殿は大石進殿をご存じか」

「存じております」

大河は女中にもう下がってよいと命じ、増田朋蔵を部屋のなかにいざなった。増田は四十歳前後と思われた。

「大石先生のことをお訊《たず》ねだと聞きましたが、先生にご用で……」

「試合をしたいのだ」

増田は小顔のなかにある吊《つ》り目をみはった。

「大石先生と試合を……山本さんは江戸から見えたと聞きましたが、どちらかの道場のご門弟、それとも大名家のご家来でございましょうか?」

「おれは仕官しておらぬ。千葉道場の門弟だ。千葉道場を知っておるか」

「千葉周作様の道場の方で……」

増田は知っていた。

「周作先生の弟定吉先生の弟子だ。周作大先生は一昨年《おととし》亡くなられた」

「……それは残念な」

　増田は残念そうな顔はしなかったが、そう言った。

「して、そなたは大石進殿の弟子であろうか？」

「長い間、ご指導を仰いでいました。なかなか腕が上がらず、いまは道場通いをやめています」

「そなたは知っているようだから申すが、おれは千葉道場で腕を磨き、大目録皆伝を受け、いまは廻国《かいこく》修行をしているところである。岩国において大石殿の名を聞き、是非にも立ち合い願いたいと思って罷《まか》り越した次第だ」

「山本さんはかなりの腕なのでしょうな。自信がなければ先生に試合など望まれないはずですからな」

　大河は増田の言葉に皮肉が込められているのを感じ、少し顔を険しくした。

「されど、山本さんはお若い。それに大先生はもうお年です。試合を引き受けられるかどうかわかりません」

「大石殿はおいくつであろうか？」

「還暦を超えてらっしゃいます。そうは言っても若い時分には、千葉周作さんや男谷精一郎さんと試合をされています」

二人とも大剣術家なのに、増田は「様」付けをしないで呼ぶ。それだけ大石進を持ち上げているからであろう。

「大先生と男谷さんと立ち合っておるのか？　勝負はどうなったのだ？」

「千葉周作さんとは引き分けでした。男谷さんには勝っています」

大河は眉宇《びう》をひそめた。

大石進は六十過ぎの年寄りでも油断できぬ相手ということになる。だが、そういう剣術家と一戦交えたい。

「しかし、山本さんは、先生と立ち合われたいのですか、それとも若先生となさりたいのでしょうか……」

「若先生というのは……？」

「大石進大先生の嫡男です。大先生は、七太夫《しちだゆう》を名乗られ、隠居されたいまは武楽《ぶらく》とおっしゃいますが、二代目も同じ進を名乗られています。二代目大石進先生は、玄武館の千葉栄次郎さんと立ち合って勝っています」

「なに」

初耳であった。

しかし、このとき自分が立ち合いをする二代目のことがわかった。

それにしてもあの栄次郎が大石進に負けていたとは知らなかった。

「二代目大石殿はおいくつだ？」

「三十の坂を越えて二、三年でしょうか。お元気な方です」

大河は考えた。

六十過ぎの剣術家にも興味はあるが、立ち合うならやはり二代目のほうであろう。

「その二代目大石殿は、道場を継いでおられるのだな」

「さようです」

大河は一膝詰めた。

「増田殿、ご迷惑でなかったらその二代目大石殿に取り次いでもらえまいか」

「若先生と試合をなさりたいと」

「そのための武者修行なのだ。増田殿が引き受けてくれなければ、直接道場を訪ねるしかないが……」

「わかりました。明日にでも若先生にお目にかかり話をしてみます」

増田は偏屈そうな顔をしているが、案外人がいいようだ。

「お願いいたす」

六

大石神影流を創始した大石種次《かずつぐ》は通称の「進」で通していたが、弘化《こうか》五年（一八四八）に七太夫と改名し、その後、嫡男の種昌《かずまさ》に家督を譲って隠居し、武楽と号していた。

二代目宗家を継いだ種昌も通称を「進」とし、柳川城下東方、早馬《はやま》神社の東側にある大石道場を守っていた。

いまや門人六百人を超える大所帯であった。それも柳川藩の門人だけでなく、九州一円はむろん、諸国から入門者があった。

とくに土佐藩、長州萩藩からやってくる者が多かった。これは進が柳川に留《とど》まらず、長い廻国修行の末に他藩の要請を受けて指導してきたからであった。

その進のもとに突然、他流試合の話が舞い込んできた。

「なに、千葉道場の門弟が……江戸から来ているのか？」

進は取次に来た増田朋蔵を見た。進は増田のことをよく知っている。父種次の指導を受けていたが、父が隠居し武楽と名乗ると、道場から遠ざかっていた。風采の上がらない津口《しんこう》の小役人だが、人のよい憎めない男だ。

「その山本大河と申す者は、皆伝を受けているのだな」

「さように聞きました。若先生のことは岩国の宇野金太郎様から聞いたと……」

「すると山本なる男は宇野殿とも一戦交えているのだな。さようであるか」

進は道場の天井の隅に目を注ぎ、面白い男が来たと思った。それも江戸の千葉道場の高弟のようだ。申し出を撥《は》ねつけるわけにはいかない。

「増田、よろしい。立ち合いを受ける。いかほどの腕か試すのは悪くない。しかし、正月明けで見てのとおり、稽古《けいこ》に来る門弟はまだ少ない。わたしは立ち合うつもりだが、まずは弟子と立ち合ってもらう。試合は明後日、昼過ぎでいかがであろうか。さように伝えてもらえまいか」

「承知いたしました。では、さように……」

増田が道場を出て行くと、進はさて山本大河の相手に誰を選ぼうかと考えた。進は千葉栄次郎を敗ったことがある。

だが、もう一度対戦したら勝てるかどうか、それはわからない。栄次郎の剣は鋭く、速く、巧妙であった。

北辰一刀流はなまなかな剣術ではないというのを身をもって知っている。それだけに、遠い九州まで武者修行に来ている山本大河に会いたい。

(どんな男であろうか……)

これは楽しみになったと内心でつぶやく進は、口辺に笑みを浮かべた。

「受けてくださるか。それはよかった」

増田朋蔵から大石進の返答を聞いた大河は嬉《うれ》しくなり、

「さすが、名のある剣術家だ」

と、言葉をついだ。

「試合は明後日の昼過ぎにお願いするとのことです」

「かまわぬ、かまわぬ。こちらからの申し出なので、相手に合わせるのが礼儀。そうであろう」

「いかにも。それから、まずはご門弟と立ち合っていただくとのことでございます」

「まったくかまわぬこと。大いに望むことである」

腕を怪我して以来の久々の試合である。我意を通すことはできない。

増田は道場の場所を詳しく教えてから帰って行った。

その増田と入れ替わるように女中が茶を下げに来た。増田を紹介してくれた痘痕《あばた》面《づら》の女中である。

「さっきの増田という人だが、よく知っておるのか？」

「この近くに住んでおられっとです。あの人は舟奉行に仕えてらっしゃる津口のお役人で、ときどきこの旅籠《はたご》に遊びに来なさっとです」

「津口の役人……」

「そうです。上士のお侍は城の西側に住んでおいで、こっちはそうじゃなかお侍が住んどらすとです。あの、夕餉《ゆうげ》はどうしますか？」

「むろん食うさ。その前にぶらっと町を歩いてこよう」

女中が下がると、大河は大小を携えて旅籠を出た。

日は傾きはじめているが、日の暮れまでには間があった。

暇を潰《つぶ》すために水路のめぐる城下を歩き、日が大きく傾いた頃に早馬神社の近くにあるという大石道場に向かった。この刻限に道場で稽古をする者はいないはずだ。

明後日に試合を控えているが、その前に道場の佇《たたず》まいを見ておきたかった。

歩きながら傷めた腕をまわしたり振ったりした。もう痛みはないし、違和感もなかった。木刀も竹刀も振れるし、刀も扱えるようになっている。

試合に対する不安は一切なかった。土地の者に早馬神社がどこにあるか訊《たず》ねると親切に教えてくれた。

「日が暮れてからお宮参りですか。まあ、まだ暗くはなっとらんですが……」

「神社に行くのではないのだ。大石道場がその神社の近くにあると聞いているのだ」

「すっと大石道場に行かれるんですか」

「さようだ」

「大石道場に入られるんですか？　立派な体をされてるから、強くなりますよ」

相手はてっきり大河が入門希望者だと解釈したらしい。

「強くなりたいからな」

大河は軽口で応じて大石道場のそばまで行った。あたりはうす暗くなっているので、道場の玄関戸は閉まっていた。建物は古そうだが、それ相応の大きな道場だった。

二代目宗家の大石進は、千葉栄次郎に勝っているという。ならば、その敵を討つつもりで試合に臨まなければならない。

大石進がどんな剣術家でどんな技を使うのか、そのことが楽しみである。

大河は道場をたしかめただけで旅籠に引き返した。

（それにしても……）

胸のうちでつぶやくのは、道三郎からもらった手紙のことである。

千葉周作と奇蘇太郎が死に、道場が地震で潰れた。もっとも道場は再建されているようだが、そのことを知った以上はゆっくりできない。

大石進と立ち合ったら久留米へ行って松崎浪四郎と一戦交える計画だ。それが終わったら、江戸に戻ると決めていた。

（その前に、勝ちを得なければならぬ）

大河はくっと口を引き結び、翳《かげ》りゆく西の空を眺めた。

七

試合当日、大河は早朝に近くの神社へ足を運び、そこで素振りと型稽古を行った。軽めの稽古であったが、治ったと思っていた右腕に少しの違和感があった。

しばらく大事を取って療養し、使っていなかったのでそのせいではないかと思い、左手一本での素振りをやる。こちらは以前と変わらず動かせる。しかし、右手一本だとやはり何かが違う。

（腕の力が弱ったか……）

右肩から肘《ひじ》のあたりまで揉《も》んで、ぐるぐると肩をまわして腕をほぐしてもう一度素振りを行った。

ビュンと力強く振る。今度は気にならない。やはり、右腕を庇《かば》いつづけていたせいで、動きが鈍くなっているのだ。しかし、ほぐせばどうということはない。

宿に帰り遅い朝餉《あさげ》を取った大河は、試合後のことを考えて数少ない身のまわりのものを整理した。

そうは言っても、大小と木刀と竹刀、それから振分荷物に菅笠《すげがさ》程度だ。

関門海峡をわたるときに事故に遭ったが、あのとき荷物をまとめていたので運良くなくさずにすんでいた。気になるのは持ち金である。もう十分な路銀はない。

金は帯に縫い込んだり、油紙に包んだりして振分荷物に入れている。出稽古《でげいこ》で稼ぐことを考えたが、九州に大河の名は知られていない。いきなり指南をさせてくれと言っても一笑に付されそうである。

いまになって小倉で世話になった五十嵐新蔵の勧めに従えばよかったと後悔するが、もはや遅いことである。

「まあ、よい。どうにかなるだろう」

大河は独りごちて江戸にいる道三郎や重太郎、あるいは可愛がっている柏尾馬之《かしおうまの》助《すけ》の顔を思い浮かべた。

江戸を出て早二年。しかも、当初の予定より遠くまで来ている。千葉周作や奇蘇太郎がその間に亡くなり、道場は地震によって大損害を受けている。そのことを思うと、早く帰らなければならないと気が急《せ》いてくる。

大河は大きく息を吐いて吸い、からりと晴れわたっている空を眺めた。どこからともなく梅の香が流れてき、庭で鳴く目白や鵯《ひよどり》の声が聞こえた。

大石道場に足を運んだのは、中食を取ってからのことであった。臍下《せいか》に力を入れ、はっと息を吐き出して、道場玄関に入った。三人の門弟がいるだけで、道場はがらんとしていた。

「頼もう」

大河は声をかけて名乗り、大石進への取次を頼んだ。

門弟はすでに大河のことを聞き及んでいたらしく、しばしお待ちくださいと言って道場を出て行った。

他の二人が道場に上がるように勧めたので、大河は道場下座に腰を下ろした。

待つほどもなく見所脇の出入口から四人の男があらわれ、正面の見所に座った男が、静かに口を開いた。

「大石進である。はるばる江戸から見えられたと聞き、楽しみに待っていた。山本大河殿であるな」

「いかにも」

大河は畏《かしこ》まって答え、大石の近くに腰を下ろした三人の男を眺めた。黙したまま大河に視線を注ぎつづけていた。

「北辰一刀流の皆伝をお持ちであると伺った」

「はい」

「ご存じであるかどうか知らぬが、わたしも江戸に行ったことがあり、玄武館で栄次郎殿と立ち合わせてもらった。士学館では桃井春蔵殿とも競わせてもらった」

大河は片眉《かたまゆ》を上げた。

大石進は三十三歳。落ち着いていて貫禄《かんろく》がある。剣術家としての自信もその佇まいと表情に出ている。

「栄次郎殿は水戸家に仕官されたと聞いているが、たまにはお玉ヶ池の道場には見えられるのだろうか？」

「水戸の弘道館にて剣術指南をされていますが、江戸にお戻りの際には道場に見えます。しかしながら周作大先生が亡くなられたいまは、水戸に詰めておられるはずです」

「千葉周作様が亡くなられたのは聞き知っておる。二代宗家の奇蘇太郎殿もお亡くなりになったと、さように聞いている。まことに残念なことである」

大河は両目を見開いた。

周作と奇蘇太郎の死は、ここ九州にも届いていたのだ。

知らずにいたのは廻国修行をしていた自分だけなのかと、大河は奥歯を嚙《か》みしめた。さらに、進は江戸が地震に見舞われ、大損害を蒙《こうむ》ったことも知っていた。

「道場の建て直しは大変でござったであろうが、さすが天下の玄武館、千葉道場である」

進は目を細めて言うと、大河に修行の旅について訊ねた。

大河は面倒であったが、進のおおらかな口調に抗することができず、かいつまんで話してやった。

「わたしもほうぼうをまわってきたが、やはり大変でござろう。その苦労は少なからずわかる。さて、おしゃべりはこの辺にして試合をはじめるか」

進はそう言って、三人の弟子を眺め、

「山本殿、当道場で鍛錬に励んでいる者たちだ。まずはこの者たちと立ち合ってもらう」

と言って、大河に視線を戻した。

「望むところです。九州で知らぬ者のいない大石道場のご高弟なら、相手に不足はありません」

大河が応じると、進は三人を紹介した。

「まずは日向高鍋藩《ひゅうがたかなべ》秋月家《あきづき》の柿原篤次郎《かきはらとくじろう》。いまは国許《くにもと》で剣術指南をしておるが、当道場に遊びに来てくれたので、せっかくだから立ち合ってもらいたい。むろん、皆伝を持っておる」

大河は進に紹介された柿原を見た。中肉中背で口許に笑みを浮かべていたが、眼光は鋭い。

「それから雪江《ゆきえ》。これはわたしの弟である」

紹介を受けた雪江が会釈をした。色の黒い男だ。大河より若そうだ。おそらく二十歳ぐらいだろう。だが、体つきはよい。

「もうひとり、今村広門《いまむらひろかど》。わたしの父武楽から手ほどきを受けつづけている。槍《やり》の使い手でもある」

今村が会釈をした。直感ではあるが、大河はこの男が一番手強《てごわ》いと思った。

「では、支度のできたところではじめるが、勝負は一番のみ。お望みなら五番でも十番でもよいが、いかがであろうか？」

「……無理は言えませぬ。大石様のご意向に従います」

進はうむとうなずき、柿原篤次郎に顔を向け、「そなたが先鋒《せんぽう》でよかろう」と言った。

大河は羽織を脱ぎ、襷《たすき》を掛けた。道場に人が少ないのは、正月明けもあろうが、わざと門弟を集めていないのかもしれない。

勝敗の行方はわからぬ。万にひとつ負けることがあれば、大石進は当主としての面目を保つことができない。

大河は若い門弟が運んできた道具を身につけながら勝手にそう考えた。

「では、山本殿。柿原」

支度を終えたところで、進が声をかけた。

大河はゆっくり立ち上がり、道場中央に進み出た。

八

大河は柿原篤次郎と対峙《たいじ》するなり、竹刀を正面に向けた。剣尖《けんせん》は柿原の喉元《のどもと》である。対する柿原も同じ中段の構え。間合い二間半。

「きえーいッ！」

柿原が喉奥《のど》から気合いを発した。

大河はすっと一尺ほど前に出て、「おりゃあッ！」と、道場内にひびきわたる胴間声を発した。そのまま気迫をみなぎらせて詰めていく。

柿原は下がらない。背は大河のほうが二寸ほど高い。

さらに大河が詰めたとき、柿原が小手を打ちに来た。大河が擦り上げてかわすと、俊敏に払ってかわすと、即座に突きを見舞ってくる。大河が擦り上げてかわすと、俊敏に下がり、つぎの攻撃を仕掛けてきた。

「きえッ！」

大河は気合いもろとも小手を打ったが、決まらなかった。そのまま柿原は体をぶつけてきた。竹刀の鍔《つば》元を合わせて競り合う形になった。

互いに押して離れる瞬間を探す。背の低い柿原は大河の上体を、下から押し上げてくる。腰が入っているのでかなりの力だ。

引けばその瞬間に、小手を打たれるか胴を抜かれるだろう。押し負けないで、相手が下がる瞬間を狙うしかない。だが、柿原には引く気配がないどころか、ぐいぐい押してくる。想像だにしない力だった。

「むむっ……」

大河の口からうめきに似た声が漏れる。

柿原は顔を充血させ、口を真一文字に引き結び、渾身《こんしん》の力で押しつづけてくる。竹刀を合わせたまま一回転、さらに一回転する。

「くわっ」

柿原がひときわ強く押して、跳びしさった。

大河は床を蹴《け》って面を打ちに行く。半身をひねって柿原がかわし、体あたりをしてきた。意表をつかれた大河は、そのまま板壁にぶつかって転んだ。うっと、小さなうめきを漏らしたのは、傷めていた右腕に痛みが走ったからだった。

大河は即座に立とうとするが、そこへ柿原が上段から面を打ちに来た。大河は竹刀を水平にして受けると、素速く引きつけて胴を打ち抜いた。

竹刀が胴着を打ちたたく音と同時に、大河は「どぉー」と気合いを発した。

「それまで」

大石進が大河の勝ちを認めた。

面を脱いだ柿原は悔しそうであったが、素直に負けを認め一礼して下がった。

「つぎ、雪江」

進に指名された弟の雪江が出てきた。

大河は大石雪江と向かい合う。色黒の顔にある赤い唇が光っていた。おとなしそうな面貌《めんぼう》だが、やはり目は鋭い。

「さあッ！」

雪江は気合いを発すると、奇異な構えを取った。左肘《ひだりひじ》を曲げ、竹刀を水平にしたのだ。当然、右手（肘《ひじ》から先）は床と平行になり、切っ先は大河の喉元に向けられている。変則の脇構えと言うべきか。

だが、雪江の構えからは突きしか繰り出せない。大河は中段に構えたまま前に出る。右腕に鈍い痛みがある。柿原とぶつかり合ったとき治った右腕を傷めたのかもしれない。

大河はそのことを忘れて前に出る。満身に気迫をみなぎらせ、

「おりゃあ！」

と、相手の耳をつんざくような気合いを発した。

雪江は奇異な構えを取ったまま下がる。大河は追い込むように前に出る。雪江は

さらに下がり、今度は右にまわり込んでゆく。

大河は双眸《そうぼう》を鷹《たか》のように光らせ、雪江が突きに来る瞬間を待つ。

そのとき勝負は決する。出端技で小手、あるいは面を打つと決めていた。

だが、雪江は攻撃してこない。さらに詰めると、また下がる。

大河は臍下《せいか》に力を込めたまま、呼吸を読まれないようにさらに詰める。ぎらぎらと光る目は、雪江の動きを油断なく見ている。

水を打ったような静けさが道場にあった。

（こっちから行くか）

大河はつつっと大きく間合いを詰めた。雪江はその迫力に圧《お》されたように下がる。下がったと思ったら、構えていた竹刀をすっと下ろし、

「まいりました」

と、頭を下げた。

見所にいる進が感心したように「うむ」とうなずき、今村広門を指名した。

今村は前の二人と違い、勢いよく打ちかかってきた。右左、また右左と面を打ちに来ては、胴を抜こうとした。動きが速い。

大河は払い落とし、擦り上げてかわし、半身をひねって立ち位置を変え、攻防一

体の青眼の構えから、右八相に構え直した。

今村が前に出てきた。即座に突きを送り込んでくる。大河は床を蹴って上段から面を打ち攻撃を仕掛けようとした。

その瞬間だった。またもや右腕に痛みが走ったのだ。そのために竹刀を振り下ろす動作が遅れた。

バシーン！

胴を打つ竹刀の音が耳朶《じだ》に響いた。

「それまでッ」

大石進が声を張った。

大河の負けだった。

一瞬の差で胴を抜かれたのだ。負けた悔しさで頭に血が上った。その内面の落胆を隠しながら今村に一礼した。

「では、わたしが相手だ」

見所から下りた大石進がたんたんと道具をつけるのを、大河は半ば呆然《ぼうぜん》と眺めていた。素直に負けを受け入れたくなかった。

もう一度今村と対戦したい。されど、試合の前に勝負は一番という約束をしている。なぜ、あのとき五番、いや三番勝負と言わなかったのだ。無理を頼んでの立ち合いであるから遠慮があった。遠慮などすることはなかったのだ。

内心でおのれをなじっている間に、進の支度ができていた。さあと、先に進み出てきて大河を誘った。

立ち上がって前に出た大河は、気持ちを切り替えていた。

不覚にも今村には負けたが、道場主であり大石神影流二代目宗家の大石進に勝てば、さっきの負けは帳消しになる。

（よしっ）

内心で気合いを発すると、今度は「おりゃあッ！」と、いつもの胴間声を上げた。

大石進が静かに間合いを詰めてくる。これまでの三人と違い威圧感が強い。炯々《けいけい》とした双眸が面のなかにある。

大河は先に打っていこうと決めた。相手に隙が見えなければ、攻め立てて隙を作らせるという戦法を採ることにした。

間合いを詰めるなり、小手から突きを見舞った。かわされ、小手を返されそうになる。俊敏に竹刀を引きつけると、すぐさま二段突きを仕掛けた。下がってかわされる。

進の動きには無駄がない。さすが大石神影流の宗家だけある。大河が離れて間を取っていると、進が出てきた。先に仕掛けてくる肚《はら》だろう。

大河は鶺鴒《せきれい》の構えで迎える。進はさらに間合いを詰めてきた。進の右足が前に出、左足の踵《かかと》が持ち上がった刹那《せつな》、大河は小手面と打って出た。

と、進の体が沈み込み、左手一本で面突きが繰り出された。かわそうと体をひねった瞬間だった。胴がたたき抜かれた。

ハッとなって、体を反転させたが、自分の負けだった。

進は竹刀を下げ、

「ここまで」

と、静かに言って一礼した。大河は唇を噛《か》んで頭を下げた。

「お見事でした」

「真剣での戦いは一度しかない。斬るか斬られるか。死ぬか生きるか。一番勝負の妙味はそこにある」

進は面を脱いで言った。

どこかで聞いた科白《せりふ》だ。誰かに同じようなことを言われた。誰に言われたのか、負けたという衝撃ですぐに思い出せなかった。

「されど、山本殿の剣技はさすがであった。千葉一門のなかにもそなたほどの腕達者はおらぬだろう」

進は慰めのつもりなのか褒める。

そのときになって、遠藤五平太に言われたことを思い出した。

――わたしは五番勝負で三番を落としたが、真剣での戦いであったならばどうであっただろうか。

そうなのだ、五平太と立ち合ったとき、大河は最初の一番を落としていた。真剣なら斬られていたと、あのとき気づいたのだ。

目の前の大石進も同じようなことを言ったのだ。

進は立ち合いの感想を短く話していたが、大河の耳には届いていなかった。ただ、負けたという屈辱に似た感情があるだけだった。

「母屋に移って茶でも差し上げましょう」

話をしていた進が最後にそう言ったが、大河は丁重に断った。

「急ぎの旅が控えていますので、これにて失礼つかまつります」

「それは残念であるが、無理に引き留めるわけにもいかぬな」

進は鷹揚《おうよう》な笑みを浮かべて言った。

「立ち合いを受けてくださり礼を申します」

大河は身繕いを終えると、そう言って道場の玄関に下がった。見送るためについてきた進が「待たれよ」と、呼び止めたのは、大河が玄関を出てすぐのことだ。

「右腕を傷めているのか……」

大河はハッとなった。見破られていたのだ。

「無理はいかぬ。早く治されよ」

大河は無言のまま深く頭を下げた。

敗者に対するやさしい声がけに胸を熱くしていた。

(大石進、さすがの人物だ)

と、内心でつぶやいた。

しかし、旅籠《はたご》に向かう足取りは重かった。負けを喫した。それも二人にである。

右腕の怪我が治りきっていなかったという言いわけなど通用しない。

おれはまだ弱いのだ。修行が足りぬのだ。そう考えると、悔しくて悔しくてたまらなくなった。

遠くの空を眺めて、江戸に戻って一から修行のやり直しだと思いもした。

だが、右腕の快復を待って、久留米の松崎浪四郎と勝負をしなければならない。

江戸に戻るのはそれからだ。

神社の杉の木に止まっている一羽の鳥が、さかんに鳴いていた。負けて意気消沈している大河には、「ばーか、ばーか」と聞こえた。

大河はくっと口を引き結んでその鳥をにらむように見た。

(つぎは負けぬ。絶対に負けぬ)

おのれに言い聞かせる大河は、杉の木に止まっている鳥が飛び去るまでそこに立ちつづけた。


(次巻につづく)

本書は書き下ろしです。

大《たい》河《が》の剣《けん》（四）

稲《いな》葉《ば》稔《みのる》

令和3年 11月25日　初版発行

発行者●堀内大示

発行●株式会社KADOKAWA
〒102-8177　東京都千代田区富士見2-13-3
電話　0570-002-301（ナビダイヤル）

角川文庫 22922

印刷所●株式会社暁印刷
製本所●本間製本株式会社

表紙画●和田三造

ISBN 978-4-04-112069-9　C0193

角川文庫発刊に際して

角川源義

第二次世界大戦の敗北は、軍事力の敗北であった以上に、私たちの若い文化力の敗退であった。私たちの文化が戦争に対して如何に無力であり、単なるあだ花に過ぎなかったかを、私たちは身を以て体験し痛感した。西洋近代文化の摂取にとって、明治以後八十年の歳月は決して短かすぎたとは言えない。にもかかわらず、近代文化の伝統を確立し、自由な批判と柔軟な良識に富む文化層として自らを形成することに私たちは失敗して来た。そしてこれは、各層への文化の普及滲透を任務とする出版人の責任でもあった。

一九四五年以来、私たちは再び振出しに戻り、第一歩から踏み出すことを余儀なくされた。これは大きな不幸ではあるが、反面、これまでの混沌・未熟・歪曲の中にあった我が国の文化に秩序と確たる基礎を齎らすためには絶好の機会でもある。角川書店は、このような祖国の文化的危機にあたり、微力をも顧みず再建の礎石たるべき抱負と決意とをもって出発したが、ここに創立以来の念願を果すべく角川文庫を発刊する。これまで刊行されたあらゆる全集叢書文庫類の長所と短所とを検討し、古今東西の不朽の典籍を、良心的編集のもとに、廉価に、そして書架にふさわしい美本として、多くのひとびとに提供しようとする。しかし私たちは徒らに百科全書的な知識のジレッタントを作ることを目的とせず、あくまで祖国の文化に秩序と再建への道を示し、この文庫を角川書店の栄ある事業として、今後永久に継続発展せしめ、学芸と教養との殿堂として大成せんことを期したい。多くの読書子の愛情ある忠言と支持とによって、この希望と抱負とを完遂せしめられんことを願う。

一九四九年五月三日

角川文庫ベストセラー

風塵の剣 (六)　稲葉 稔

幕府の体制に疑問を感じた彦蔵は、己は何をすべきか焦燥感に駆られていた。そんな折、師の本多利明が襲撃される。その意外な黒幕とは？　一方、彦蔵の故郷・河遠藩では藩政改革を図る一派に思わぬ危機が――。

風塵の剣 (七)　稲葉 稔

身勝手な藩主と家老らにより、崩壊の危機にある河遠藩。渦巻く謀略と民の困窮を知った彦蔵は、皮肉なことに、己の両親を謀殺した藩を救うために剣を振ることとなる――。人気シリーズ、堂々完結！

喜連川《きつれがわ》の風 江戸出府　稲葉 稔

石高はわずか五千石だが、家格は十万石。日本一小さな大名家が治める喜連川藩では、名家ゆえの騒動が次々に巻き起こる。家格と藩を守るため、藩の中間管理職にして唯心一刀流の達人・天野一角が奔走する！

喜連川《きつれがわ》の風 忠義の架橋　稲葉 稔

喜連川藩の中間管理職・天野一角は、ひと月で橋の普請を完了せよとの難題を命じられる。慣れぬ差配で、手伝いも集まらず、強盗騒動も発生し……果たして一角は普請をやり遂げられるか？　シリーズ第2弾！

喜連川《きつれがわ》の風 参勤交代　稲葉 稔

喜連川藩の小さな宿場に、二藩の参勤交代行列が同日に宿泊することに！　家老たちは大慌て。宿場や道の整備を任された喜連川藩の中間管理職・天野一角は奔走するが、新たな難題や強盗事件まで巻き起こり……。